PERZISCHE SPROOKJES

PERZISCHE SPROOKJES

Bewerkt door Margot Bakker

Illustraties Luděk Maňásek

UITGEVERIJ N. KLUWER N. V.

DEVENTER

Oorspronkelijke Tsjechische editie bewerkt door Jaroslav Tichý
Vertaling Margot Bakker

Typografische verzorging Jiří Schmidt
ISBN 9020200151
Gedrukt door Polygrafia — Tsjechoslowakije
1/01/12/59

Inhoud

DE TWAALFARMIGE KANDELAAR

Er was eens een oude man die veel wist, een wijsgeer was hij, en hij ging een reis maken, die hem in vele landen zou brengen. Hij had al enige tijd rondgetrokken, toen hij onverwacht ziek werd. Verder reizen kon hij niet en hij vond onderdak bij een weduwe en haar zoon.

De weduwe was armer dan arm, maar ze verpleegde de wijsgeer met veel liefde en al gauw kwam de zieke weer op krachten. Eer hij afscheid nam, keek de oude man in de armelijke hut om zich heen en zei: 'Ik heb naar u geluisterd als u bad; ik weet waarvoor u bang bent. U kunt uw zoon het nodige niet geven.'

'Daar zegt u een waar woord,' zei de weduwe. 'Ik ben zo arm, dat ik 's nachts wakker lig van de zorg om Abdoellah. Hoe moet ik hem blijven geven wat hij nodig heeft, terwijl er al haast niet voldoende is voor één?'

'Geef hem mij dan mee,' zei de wijsgeer. 'Hij zal mij vergezellen op mijn reizen en ik zal voor hem zorgen alsof hij mijn eigen zoon was. Op die manier zal ik mijn dankbaarheid tonen voor uw goede zorgen, die u tijdens mijn ziekte aan mij hebt besteed.'

Van een zware last bevrijd bedankte de weduwe de oude man met tranen in de ogen en daarna kuste ze haar enige zoon vol genegenheid. 'Ik zal hier op je wachten, als je weer thuiskomt,' zei ze. 'Gedraag je goed, Abdoellah.'

De twee liepen weg en ze bleef op de drempel staan en keek hen na, tot ze uit het gezicht waren verdwenen.

De oude man en de jonge Abdoellah trokken heinde en ver, over heuvels en door dalen, door dicht bevolkte steden en over stormachtige vlakten, door streken waar de boomgaarden in bloei stonden en langs de zandstranden van eindeloze zeeën.

De jongen vroeg onderweg nooit om eten of drinken, hij luisterde gretig naar wat de oude man wist te vertellen over de mensen die ze ontmoetten en over de plaatsen waar ze uitrustten. Vaak gebeurde het dat de jongen nauwelijks meer op zijn benen kon staan en dan wilden zijn gedachten wel eens afdwalen. Als het zo ver was, gaf de oude man hem zijn beste zorgen en wachtte tot hij in staat was verder te gaan. Maar als Abdoellah hem dan voor zijn liefderijke verpleging bedankte, zei de wijsgeer: 'Dank, mijn zoon, wordt het best in daden uitgedrukt. En de kans daartoe komt — wees maar niet bang.'

En zo betraden ze op zekere dag een dorre vlakte, ingesloten door statige rotsen. De jongen liep vlak achter de oude man, die diep doordrong in de ravijnen, die als een doolhof het gesteente binnenkronkelden. Alleen de adelaar die hoog in de lucht stond, zag hen verdwijnen.

'We zijn aan het eind van onze tocht gekomen, m'n zoon,' zei de bejaarde man, toen ze een plek bereikt hadden waar de rotsen een halve kring vormden. 'Met mijn gebeden en bezweringen zal ik trachten een van die rotsen open te doen gaan. Er zal in het beste geval niet meer dan een spleet ontstaan, waardoor alleen een kind zoals jij zich naar binnen kan wringen. Als je eenmaal binnen bent, zul je je bevinden in de ruimte, waar een van de grootste schatten die ooit op aarde bijeengebracht zijn, ligt te wachten. Als dit vooruitzicht je evenwel schrik mocht aanjagen, vertrekken we ogenblikkelijk uit dit oord en ik zal je je weigering niet kwalijk nemen.'

Abdoellah bezwoer de oude man dat hij moedig was en dit graag voor hem zou doen en daarna legde de wijze in het midden van de halve kring een vuurtje aan en wierp wat kruiden op de vlammen, kruiden die hij altijd in een buidel bij zich droeg. Op hetzelfde ogenblik steeg er een wolk van geurende rook op in de lucht en maakte de omgeving wazig en de jongen hoorde de man bezweringen prevelen, waarvan hij niets begreep. De rook nam een gele kleur aan, werd vervolgens groen en ten slotte donkerrood, donkerder nog dan de mantel van de tovenaar. En opeens was de rook weer verdwenen, als door een onzichtbare hand weggeslagen. En in de rotswand voor Abdoellah gaapte plotseling een lange zwarte spleet.

'Als je straks binnen bent, Abdoellah,' zei de oude man, 'laat je dan niet in verrukking brengen door wat je om je heen ziet, al zouden de edelstenen nog zo prachtig zijn. Denk alleen aan de twaalfarmige kandelaar van doodgewoon ijzer, die je naast een van de deuren op de vloer zult zien staan. Breng me die, zodra je hem gevonden hebt.'

De jongen beloofde plechtig aan het verzoek van de oude man te zullen voldoen en nadat hij een brandende toorts had gekregen, wrong hij zich door de nauwe spleet in de rotswand. Hij kwam terecht in een lange gewelfde gang, die hij aanvankelijk op handen en voeten moest doorkruipen en bereikte een kleine ijzeren deur. Nadat hij de zware smeedijzeren kruk had omgedraaid, zwaaide de deur traag open in de roestige scharnieren en zijn toorts waaide bijna uit in de tocht, die hem in het gezicht sloeg.

Stomverbaasd keek Abdoellah om zich heen. Het was alsof hij was verplaatst in het paleis zelf van de koning van de geesten, die deze dorre landstreek regeerden.

Hij bevond zich in een grot met een gewelf, veel ruimer en veel fraaier beschilderd dan de moskeekoepel in de hoofstad, waar hij woonde. De grauwe steen was verfraaid met fresco's in kleuren zo schoon en helder, dat de jongen zich afvroeg of de schilder misschien juist zijn penselen had neergelegd. Een van de partijen stelde een ruiter voor, die met zijn lange speer een ever doorstak; een andere twee boogschutters die hun pijlen richtten op een leeuw en een leeuwin en de schoonheid van een naburige rozentuin temperde de wreedheid van de jacht. Abdoellah meende de geur van de ontluikende bloesems te kunnen ruiken, zo fraai waren ze geschilderd!

Hij kon er zijn ogen alleen van losmaken, doordat hij erg kreeg in een tafereel dat een edel gevleugeld ros voorstelde, de zon tegemoet vliegend, met daarnaast een al even schitterende afbeelding van een groot aantal onbekende wezens, half vogel half hond, geflankeerd door leeuwen met adelaarsvleugels. Deze laatste waren door een meesterhand in de rots gehouwen uit eerbied voor de machtige Simoerga, de gevleugelde beschermer van de Perzische helden.

Het tapijt dat een kudde steenbokken afbeeldde, een rotswand opvluchtend, voelde eindeloos zacht aan onder de voeten van de jongen. Het was een kostbaar werkstuk; als het in stukken zou zijn gesneden en verdeeld onder een compagnie soldaten, zouden die soldaten de man minstens twintigduizend zilveren dirham voor hun stuk hebben gekregen. Rondom langs de wanden stonden cederhouten kisten met de deksels opengeslagen. Sommige waren gevuld met zoveel parels en goud, dat zelfs de vloer ermee bezaaid lag; andere waren volgestapeld met zilveren bokalen. Abdoellahs ogen verslonden dit alles: de robijnen, smaragden en saffieren waarmee de schatkisten waren ingelegd en de wonderbaarlijk mooie afbeeldingen van zwanen, eekhoorns, hanen, tijgers en lammeren, waarmee goudsmeden de zijkanten hadden verfraaid.

Borden en schalen glansden de warme schoonheid van goud uit; ze waren in het midden en aan de randen versierd met kruipende en kronkelende draken uit de mythologie. Het schijnsel van de toorts versprong van de ene kist naar de andere en gleed langs de buikige vormen van kruiken met zonderling gemodelleerde tuiten en nog zonderlinger gedraaide oren; de dicht opeenstaande juwelen van armbanden, broches, oorringen en vingerringen flonkerden weergaloos prachtig in het flakkerend licht.

Abdoellah bukte zich over een kist die vol zat met diamanten en kon zich niet langer beheersen. Hij zette de toorts in de hals van een van de urnen die vlak bij hem stonden, begroef beide handen in de glinsterende massa stenen en trok ze terug, waarbij hij de diamanten door zijn vingers liet glijden. Een aantal van de grootste hield hij vast en hij verstopte ze in zijn hemd en wankelde met duizelend hoofd door een klein deurtje naar buiten.

Het minder grote vertrek waar hij zich daarna bevond, had de wapenkamer kunnen zijn van een god van de jacht uit de Oudheid; de wanden waren dicht behangen met zwaarden, schilden, degens, speren en bogen. Gevesten waren ingelegd met goud en zilver of met lapis lazuli en andere kostelijke stenen en al deze voorwerpen waren zo mooi, dat Abdoellah ook nu de verleiding niet kon weerstaan er een paar te nemen, die hij aan de gordel om zijn middel hing.

Hierna liep Abdoellah door naar een derde kamer. Daar lagen bergen gouden munten, glanzend en nieuw alsof ze zo uit de munt van de sjah kwamen, overal in het rond en de jongen schepte ze met handen vol tegelijk op en liet ze in de halsopening van zijn hemd glijden, tot er niet een meer bij kon. Pas toen zijn knieën knikten onder de last van zijn buit, begon hij om zich heen te kijken, zoekend naar de twaalfarmige kandelaar die hij beloofd had voor zijn beschermer te zullen halen.

Het werd moeizaam zoeken, maar ten slotte vond Abdoellah de kandelaar in een donker hoekje bij een deur, die een buitendeur bleek te zijn. Hij deed een greep naar de kandelaar, maar op hetzelfde ogenblik weergalmde er een dof bulderen door de grotten en de urnen en beelden wankelden op hun standers. De jongen schrok hevig en besloot niet verder te gaan; hij keerde op zijn schreden terug. Even later merkte hij evenwel grondig verdwaald te zijn; hij raakte in paniek en trachtte ten slotte met zijn nagels de ruwe stenen muur open te krabben om een opening te vinden waardoor hij kon ontsnappen.

Zweetdruppels stonden Abdoellah op het voorhoofd, toen het tot hem doorgedrongen was, dat de grot nu een graf was geworden en dat hij temidden van alle schatten van honger zou omkomen. Hij zag in, dat dit zijn straf was voor zijn ondankbaarheid jegens de oude man en het berouwde hem bitter, dat hij zijn weldoener niet gehoorzaamd had.

Hij viel op zijn knieën neer en liet het hoofd op de grond vallen en vurig bad hij Allah hem voor de gruwelijke dood te bewaren. Van nieuwe moed vervuld stond hij op en tastte de weg in tegenovergestelde richting af in de hoop daar een ontsnappingskans te vinden. Lange tijd dwaalde hij door de grotten en gangen, maar het baatte hem niet. Zijn toorts was geleidelijk opgebrand en ging onverwacht uit, waarna hij zich in volslagen duisternis bevond.

Van zijn laatste hoop beroofd wendde Abdoellah de blik opwaarts en daar zag hij hoog boven zich, haast tegen het dak van de grot, een smalle strook licht. Hij putte zijn laatste krachten uit om zo hoog te klimmen en zijn hart klopte fel bij de gedachte dat het geluk hem misschien toch niet geheel in de steek had gelaten.

Er viel een zware last van hem af bij de ontdekking, dat het vale schijnsel afkomstig was van daglicht; het viel de grot binnen door een enge spleet, juist zo breed dat hij zich erdoor kon wringen.

De spleet ging schuil tussen dicht opeenstaande doornstruiken en zelfs de scherpste blik zou hem niet ontdekt hebben. Abdoellah rekte zijn armen uit en zoog diep de frisse lucht in. Ogenblikkelijk vergat hij de gruwelijke dood, waaraan hij maar nauwelijks was ontsnapt. Hij vergat ook zijn gebeden en al wat hij een ogenblik tevoren beloofd had. Het leek uit zijn geheugen weggevaagd te zijn. En terwijl hij om zich heen keek, zoekend naar de oude filosoof, bedacht hij al wat hij tegen hem moest zeggen om de rijke buit te verklaren, die hij bij zich droeg. Erger nog, hij begon op middelen te zinnen om zich te ontdoen van zijn eerbiedwaardige metgezel en dat zo spoedig mogelijk. Met alle diamanten en gouden munten, waarmee hij zijn zakken en hemd had volgestopt, was hij ten slotte rijk genoeg om zichzelf te kunnen redden.

Zijn weldoener was overigens nergens te bekennen; hij leek spoorloos te zijn verdwenen. Opgelucht liep Abdoellah weg zonder te weten waar hij zou aankomen. Tot zijn grote verrassing stond hij evenwel na enkele mijlen te hebben gelopen voor het huisje van zijn moeder; hij had gemeend daarvan minstens zeven rivieren en zeven landen verwijderd te zijn.

De oude vrouw kreeg tranen van geluk in de ogen bij het weerzien met haar zoon. Zodra ze haar ontroering enigszins te boven was, vroeg ze evenwel waar de oude man was gebleven. Abdoellah vertelde haar uitvoerig wat er zich had afgespeeld en beter dan zijn woorden overtuigden de gouden munten en diamanten zijn moeder, dat hij de waarheid sprak. De arme weduwe verloor alle zelfbeheersing bij de aanblik van zoveel rijkdommen en raakte niet uitgepraat over het wonderbaarlijke verhaal en de zonderlinge verdwijning van de oude man.

'Ach jongen,' zei ze enige tijd later, 'die brave man heeft vast en zeker je moed en bekwaamheid op de proef willen stellen. Hij heeft gewacht hoe je je taak zou vervullen en toen hij je ongedeerd uit de rots naar buiten zag komen, heeft hij zich schuilgehouden. Die kostbaarheden zullen je beloning zijn voor je trouwe diensten op die lange reis.'

Daarna begonnen moeder en zoon toekomstplannen te maken. Maar terwijl ze nog overleg pleegden, verdwenen de kostbaarheden opeens als sneeuw in de middagzon. Wat er overbleef was de ijzeren kandelaar, het enige voorwerp dat Abdoellah had mogen halen.

Abdoellah wierp zich met een schreeuw van vernedering en spijt op de grond, want het was hem duidelijk dat de oude man hem hiermee zijn tweede afstraffing toediende.

Wroeging nestelde zich in zijn hart over de wijze, waarop hij zijn weldoener had bejegend.

Toen Abdoellah was opgestaan, gaf hij de twaalfarmige kandelaar de ereplaats midden in de kamer, zodat het een blijvende herinnering aan zijn ondankbaarheid zou zijn. Peinzend bleef hij ernaar kijken. En de uren verstreken en de schaduwen werden langer en de schemering kroop de kamer binnen.

De jongen zocht een kaars, zette hem in de kandelaar en stak hem aan, zodat zijn moeder licht zou hebben voor het bereiden van het avondmaal. Ze dachten evenwel aan geen eten meer, toen ze elkaar plotseling in angst beetgrepen: de kaarsvlam was veranderd in een oude man zo mager, dat hij enkel botten was binnen zijn huid. Het haar hing hem verward over het voorhoofd en zijn lange baard reikte tot aan zijn middel. Zijn ogen boorden zich diep in die van Abdoellah en de jongen voelde een rilling langs zijn rug lopen.

Op hetzelfde ogenblik begreep Abdoellah, dat de verschijning een derwisj was, een heilige die zijn leven aan gebed en meditatie had gewijd. Als aan de vloer genageld staarden moeder en zoon naar de gedaante, die onder hun ogen de armen spreidde en als een tol om zijn eigen as begon te wervelen. De derwisj hield in vervoering de ogen gesloten en begon steeds sneller te wentelen en ten slotte vloog er een gouden munt uit zijn hand, die aan de voeten van Abdoellah neerviel. De derwisj verdween en de kaarsvlam straalde even stil als een olielamp in de gewijde ruimte van een moskee.

Abdoellah bukte zich om de gouden munt aan zijn voeten op te rapen. De volgende dag was hij niet in staat aan iets anders te denken dan aan de gebeurtenis van de vorige avond. 'Die kandelaar heeft twaalf armen,' overwoog hij telkens weer.' Wat zou er wel gebeuren als ik er twaalf kaarsen in laat branden?' Hij kon de gedachte niet van zich afzetten en wachtte vol ongeduld op het vallen van de avond.

Nauwelijks werden de schaduwen langer of hij ontstak de pitten van twaalf gloednieuwe kaarsen en zowaar – uit de vlammen ontstonden twaalf derwisjen, die als druppels water op elkaar leken. Zonder dralen begonnen ze te draaien en te wervelen als zilveren tollen en na verloop van een uur wierp elk van hen een glinsterend goudstuk voor Abdoellah's voeten neer. Daarna verdwenen ze spoorloos.

Elke avond ontstak de jongen de twaalf kaarsen en elke avond deed zich hetzelfde voor en hij had de twaalf goudstukken maar voor het oprapen. Ze waren toereikend om hem en zijn moeder een gemakkelijk bestaan te verschaffen, maar de verdwenen goudstukken en diamanten zouden zo oneindig veel meer waard zijn geweest.

Abdoellah was zijn berouw, zijn beloften en goede voornemens al spoedig vergeten. Hij begon aan de oude filosoof te denken, met wie hij twee jaar lang door de wereld had getrokken. Hij deed dat overigens niet omdat hij zijn ondankbaarheid goed wilde maken. Nee, wat hem door de gedachten speelde was, dat hij de ijzeren kandelaar die hem toch niet rijk zou maken, aan de oude man kon brengen, die hem zo graag had willen hebben. In zijn blijdschap bij het ontvangen van de kandelaar zou hij Abdoellah stellig vergiffenis schenken. En waarschijnlijk zou hij wel willen zeggen, hoe Abdoellah de edelstenen en goudstukken terug zou kunnen krijgen, die na zijn thuiskomst zo verleidelijk op de keukentafel hadden geglinsterd.

Abdoellah bond dan ook de kandelaar op zijn rug en ging op weg naar de grote stad die de oude man eens als zijn woonplaats had genoemd. Toen hij na een tocht van vele dagen zijn doel bereikte, hoefde hij niet lang naar de woning van de oude man te zoeken. Elk kind in de stad wist waar hij woonde en toen Abdoellah de aangeduide plek naderde, begreep hij dadelijk waarom. Zelfs uit de verte deed de woning meer aan een vorstelijk paleis dan aan de stulp van een oude wijsgeer denken en toen hij voor de poort stond, zag hij dat het een paleis was.

Vijftig man stonden bij de poort op wacht en elke wacht hield een stok met gouden appel in de hand. Bedienden verdrongen elkaar in de gangen en zalen en toen Abdoellah alle praal en luister in het paleis aanschouwde, bleef hij staan waar hij stond en durfde geen stap meer te doen.

'De mensen wie ik de weg heb gevraagd, hebben me allemaal voor de gek gehouden,' dacht hij mistroostig. 'Dit is het paleis van een vorst, niet de woning van een arme oude man.'

Terwijl hij daar stond en niet wist wat hij moest doen, kwam er een fraai geklede lakei naar buiten, die voor hem boog en zei: 'Vrede zij u, Abdoellah. Wilt u me volgen, mijn heer en meester verwacht u.'

De man ging hem voor door een doolhof van zalen en gangen en op zeker ogenblik werd Abdoellah gehuld in een geur van rozen zo sterk, dat zijn hoofd ervan duizelde. Hij bevond zich in de liefelijkste tuin die hij ooit had aanschouwd en in het midden ervan stond een zomerverblijf. De vormen van de marmeren bogen aan de zuilengang waren niet minder fraai dan het mooiste en kunstzinnigste wat de edelsmeden van de padisjah afleverden.

Ten slotte verscheen Abdoellah voor de wijsgeer, die op een tapijtje zat. Overweldigd door alle pracht en schoonheid om hem heen viel Abdoellah op de knieën en kwam tot zichzelf. Met een handgebaar gaf de oude man hem evenwel te kennen dat hij mocht opstaan. Abdoellah kwam overeind en maakte haastig het touw los waarmee hij de ijzeren kandelaar op zijn rug had gebonden. Zodra hij daarmee klaar was, zei hij, 'Eindelijk kan ik mijn last aan uw voeten leggen, mijn heer en weldoener, en daarmee uw hartewens vervullen! Talrijk waren de hindernissen die ik had te overwinnen, eer ik u vond, maar dit ogenblik is een duizendvoudige beloning voor alle gevaren die ik heb doorstaan, o Kroon van alle Wijzen! Ik voel me gedragen door een gouden wolk van geluk, al schrijnt het stof in de wonden aan mijn pijnlijke voeten en al is mijn lichaam uitgeput door verlies van krachten. Want ik heb gedaan wat ik kon om de taak te vervullen, die me door u was opgelegd: hier is de ijzeren kandelaar!'

'Liegen doe je voortreffelijk,' antwoordde de wijsgeer. 'Meen niet, dat je mij kunt bedotten met je fluwelen tong. Ik lees je geheimste gedachten alsof je een opengeslagen boek was. Als je zou weten wat die kandelaar werkelijk waard is, zou je hem nooit zijn komen brengen. Maar ik zal je iets laten zien, beste jongen, waarvan je ogen uit je hoofd zullen springen.'

Na deze woorden zette de wijze een brandende kaars in elke houder en even later wervelden de twaalf derwisjen in de vlammen. De oude man liet hen evenwel niet lang doordansen. Hij greep een stevige knuppel en gaf elke derwisj achtereenvolgens een zware slag. Abdoellah kon een schreeuw nauwelijks bedwingen en greep zich aan de schouder van de lakei vast, want hij wankelde op zijn benen. Wat zagen zijn verbijsterde ogen? Ze zagen de twaalf baardige mannen met een kletterend rinkelend geluid tegen de grond slaan, waar ze veranderden in twaalf glinsterende hopen goudstukken, diamanten en andere edelstenen.

'Zo moet je ze behandelen,' zei de filosoof. 'Maar de reden waarom ik de kandelaar wilde hebben is, dat het een herinnering is aan mijn leermeester, de grootste wijze die ooit geleefd heeft en die de kandelaar eigenhandig maakte.' De oude man gaf de lakei een wenk en de bediende reikte Abdoellah een ring met twaalf reusachtige sleutels aan.

Abdoellah volgde de lakei naar een afgelegen vleugel van het paleis. Daar opende hij twaalf deuren van zwaar cederhout en in de kamers erachter trof hij telkens talrijke kostbaarheden aan. Het duurde niet lang of hij was bezeten van hebzucht, een kwalijker en grover hebzucht dan die, waardoor hij geplaagd was toen hij de schat in de geheime grot ontdekte.

'Als die oude man zo rijk is, heeft hij de kandelaar niet nodig,' dacht hij. 'Als ik die baardige derwisjen elke avond kon laten dansen, zou ik de goudstukken op de vloer tot de laatste oprapen, reken maar!'

Hij werd woedend op zichzelf bij de gedachte, dat hij de kandelaar zo lichtvaardig had weggegeven zonder de werkelijke waarde ervan te kennen.

De oude man ontving Abdoellah bij zijn terugkomst met een vriendelijke lach, alsof hij de trouweloosheid van de jongen en zijn eigen berisping al vergeten was. Hij bood hem een maaltijd en dranken aan en onderhield zich tot laat op de avond met hem. Hij liet Abdoellah nog enkele dagen in zijn paleis blijven en gaf hem veel kostbare geschenken.

Toen Abdoellah ten slotte afscheid kwam nemen, ging de oude man met hem wandelen onder de lommerrijke tamarisken en zei tegen hem, 'Ik heb de indruk dat je na al wat er gebeurd is, eindelijk bevrijd bent van je inhaligheid en je ondank. Voor je van hier vertrekt, zou ik je een heel bijzonder geschenk willen geven. Morgenvroeg zal een van de volbloeden uit mijn stallen bij de paleispoort voor je gezadeld staan. Aanvaard het als een geschenk en ontzie je voeten. Neem ook de slaaf van me aan, die de twee met goud en edelstenen beladen kamelen naar je huis zal begeleiden. En deze edelstenen mag je zelf kiezen uit mijn rijke voorraden.'

Woorden van dank vloeiden over de lippen van de jongen met de welsprekendheid, die alleen de hebzucht kan ingeven. De oude man liet hem overigens niet uitspreken, maar drong erop aan dat hij een goede nachtrust zou nemen. Abdoellah ging dan ook slapen, maar zijn gedachten warrelden om de schatten, die hij de volgende morgen zou krijgen.

Terwijl hij op zijn slaapstede lag te woelen, begon hij weer aan de twaalfarmige kandelaar te denken, die zo'n groot wonder kon verrichten. 'Die heb ik nu zo lang in mijn bezit gehad, daarvoor heb ik nu zoveel angst uitgestaan in die grot. Als ik er niet geweest was, zou de oude man hem nooit in handen hebben gekregen. En waarom zou zo'n grote kostbaarheid dan in zijn bezit moeten blijven? Wat zijn

twee armzalige kameelladingen goud en edelstenen vergeleken bij die kandelaar? Ik doe hem toch niet tekort, als ik de kandelaar mee terug neem?'

Abdoellah beschikte nog over de bos sleutels, die toegang tot de schatkamers van de oude man gaven. Vroeg in de ochtend maakte hij er gebruik van om de grootste schatkamer te openen, waarin de ijzeren kandelaar een plaats had gekregen. Hij verborg de kandelaar onderin de zak vol edelstenen, die hij van de oude man mocht meenemen en zette de zak op de rug van een van de twee kamelen, die buiten stonden te wachten. Abdoellah nam met een lach afscheid van zijn gastheer, sprong te paard en reed snel weg, gevolgd door de slaaf met de kamelen.

Dagen later bereikte Abdoellah veilig en wel zijn huis. Hij begroette zijn moeder die naar buiten was gekomen, vluchtig en ging naar binnen – hij dacht alleen aan de schatten die hij bij zich had. Hij had geen oog af van de slaaf, die de zakken van de kamelen tilde. En zodra hij alleen in zijn kamer was, haalde hij de kandelaar te voorschijn. Het duurde even eer alle kaarsen brandden, want zijn handen trilden van ongeduld.

Op zeker ogenblik begonnen de derwisjen evenwel toch aan hun werveldans. Abdoellah klemde een stevige stok in zijn rechterhand en begon ze een voor een af te ranselen. Hij sloeg zo hard toe, dat hij zweetdruppels op zijn voorhoofd kreeg.

'Inspanning wordt beloond en hoe meer kracht ik gebruik, hoe groter de hopen kostbaarheden zullen worden,' dacht hij.

Helaas! De derwisjen veranderden niet in goudstukken en kostbare stenen: ze trokken een voor een een stok te voorschijn van onder hun gewaad, niet minder stevig dan de knuppel van Abdoellah. Ze vielen hem woedend aan en sloegen hem bijna dood. Plotseling waren ze verdwenen alsof ze in rook waren opgegaan en wat ze hadden meegenomen waren de zakken en de kostbare geschenken van de oude man, ook de twee kamelen en de slaaf en zelfs de ijzeren kandelaar zelf met de twaalf kaarsen.

Diep ongelukkig liet Abdoellah zich op de grond vallen. Door zijn inhaligheid en ondankbaarheid had hij alles verspeeld. Hij bleef voortaan bij zijn moeder thuis en ze waren weer even arm als ze altijd waren geweest.

DE DWAZE BOER EN DE DRIE SCHURKEN

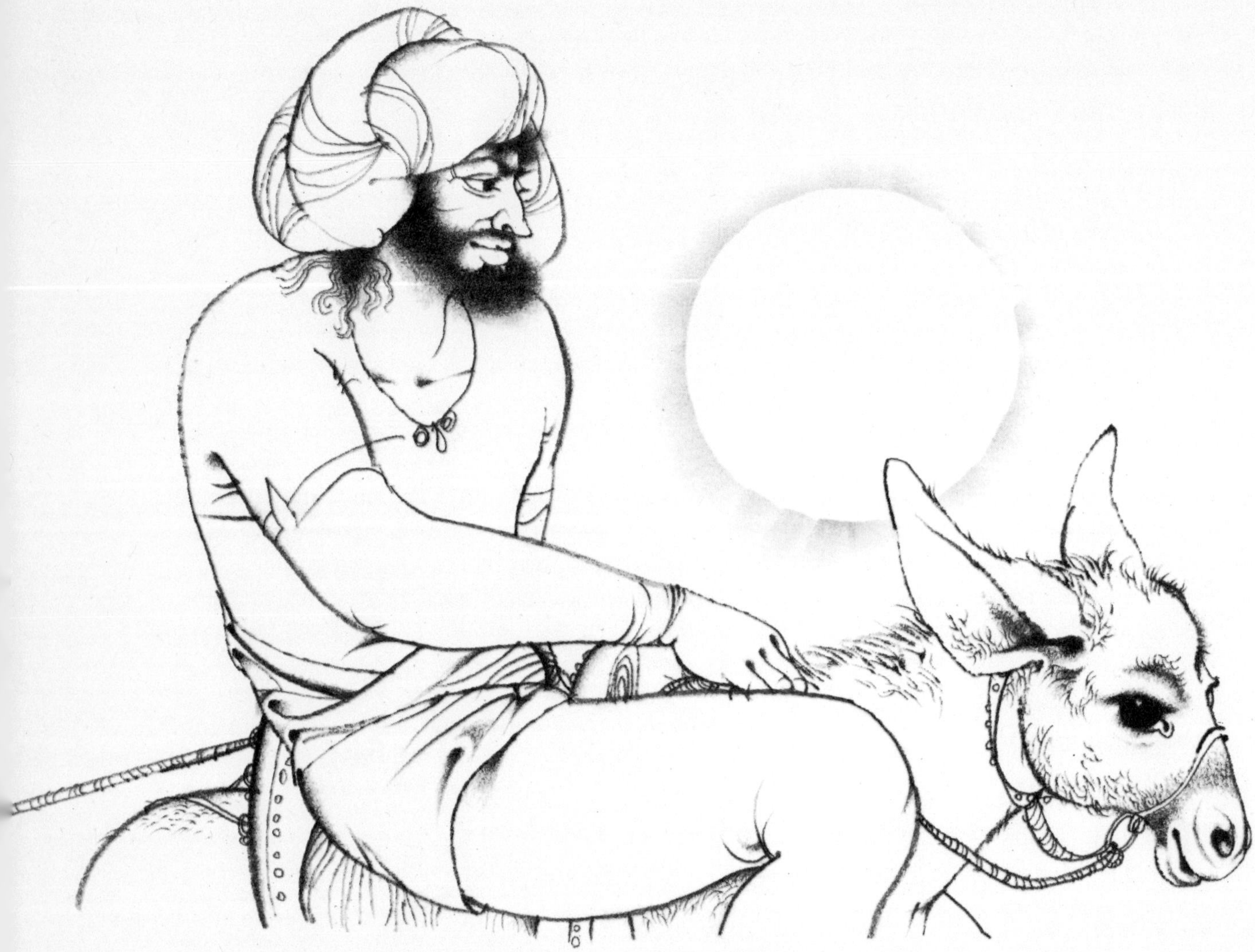

Een niet al te ijverige boer nam zich op zekere dag voor zijn geit naar de markt te brengen en te verkopen. Hij bond de geit een bel aan de hals, besteeg zijn ezel en reed weg.

Aan het welluidend rinkelen van het belletje kon de boer horen, dat de geit achter de ezel bleef lopen en af en toe hield hij zijn rijdier in en keek over zijn schouder of het werkelijk zo was.

Terwijl die boer daar zo genoeglijk heen en weer zat te schommelen op zijn stappende ezel, zoemde hij in zichzelf steeds maar hetzelfde wijsje en hij vermoedde niet eens dat zijn korte rijstoet werd gadegeslagen door een drietal schurken, die tussen de takken van een vijgeboom waren weggekropen. Alle drie waren ze van dezelfde gedachte vervuld – hier bood zich een schitterende gelegenheid om hun vernuft en behendigheid te beproeven.

'Wedden dat ik die sukkel zijn geit onder de neus kan weghalen, zonder dat hij hem zelfs maar terugvraagt?' zei een van de schurken.

'En wedden dat ik die ezel waarop hij rijdt, met een hand kan wegkapen?' zei een tweede schurk.

'Dat zal niet meevallen!' riep de derde schurk, 'maar we zien wel. En ik durf wedden dat ik hem het pak kleren dat hij draagt, afhandig kan maken en dat hij me nog zal bedanken ook.'

De drie schurken wachtten tot de boer met zijn dieren onder hun bebladerde schuilplaats voorbijreed. Daarna liet de eerste schurk zich als een eekhoorn langs de stam omlaag glijden en liep snel en geluidloos naar de geit. Hij trok zijn mes, sneed het touw om de hals van de geit door en in een oogwenk had hij de bel aan de staart van de ezel gebonden. Daarna verdween hij tussen de dichte struiken en de geit nam hij mee.

De boer sukkelde half slapend verder en luisterde naar het belgerinkel, maar besefte natuurlijk niet, dat de bel inmiddels aan de staart van zijn ezel hing. Hij zou het voorlopig ook niet gemerkt hebben, als er niet een bij was komen aanzweven, die om zijn hoofd begon te zoemen. Daar kon de boer slecht tegen en hij werd min of meer wakker en draaide zich om en wilde de bij doodslaan. Een nachtmerrie had niet erger kunnen zijn. Hij kon zijn ogen nauwelijks geloven! De geit was weg! Moedeloos stapte hij van de ezelrug om andere reizigers langs de weg te vragen of ze ook maar een punt van een hoorn of een hoefprent in het zand hadden gezien.

Toen het zover was voegde de tweede schurk, die vanuit zijn schuilplaats de boer aandachtig in het oog had gehouden, zich bij de kleine oploop, die er om de boer was ontstaan. 'Ik mag geen zoon van mijn vader zijn, als ik geen kerel heb zien wegrennen, die een geit meesleurde. Ze zijn daar om de bocht in de weg verdwenen,' verklaarde hij en het klonk alsof hij het meende.

Dadelijk gaf de boer hem de teugel van de ezel in de hand en riep, 'Pas even op mijn ezel, als u wilt. Ik ga de dief achterna, ik moet mijn geit terughalen voor het te laat is!'

'Zal ik graag doen,' zei de dief, maar de boer verstond hem al niet meer. Hij had het ogenblikkelijk op een lopen gezet en zijn dravende voeten deden het zand opwarrelen.

De boer draafde maar door, de eerste bocht om en de tweede bocht om. Hij draafde tot hij niet meer kon en toch had hij zelfs in de verte de dief niet in zicht gekregen, die zijn geit had gestolen. Toen hij ten slotte terug moest keren, kwam hij tot de ontdekking dat een nieuwe slag hem had getroffen – zijn ezel en de man die erop zou passen waren spoorloos verdwenen.

Onderwijl waren de twee schurken al op de nodige afstand van hem en bekeken met innig genoegen hun buit. De derde schurk evenwel had een plaats gezocht aan de oever van een vijver langs de weg, die de boer moest passeren als hij naar de markt wilde. Zodra hij de boer zag naderen, begon hij zo deerniswekkend te jammeren en te klagen, dat de boer bleef staan. Hij was een dwaze boer en zo moedeloos als hij was kon hij toch de verleiding niet weerstaan zijn nieuwsgierigheid te bevredigen.

'Troost je vriend,' zei de boer. 'Moet je mij zien! Ik heb daareven mijn geit en mijn ezel verspeeld en als ik ze had kunnen verkopen, zouden ze meer hebben opgebracht dan mijn klein lapje grond waard is!'

'Dat is erg, maar ik ben er heel wat erger aan toe,' jammerde de derde schurk en wiste een traan weg. 'Ik ben uitgegleden en heb een kistje diamanten laten vallen dat ik aan de sjah moest brengen. Het is in die vervloekte vijver verdwenen. Ik weet niet wat me te wachten staat! De sjah zal me het hoofd laten afhakken!'

'Waarom probeer je dan niet het op te vissen?' zei de boer. 'Zo diep is die vijver niet.'

'Dan zou ik de verdrinkingsdood sterven, beste man,' zei de schurk mistroostig. 'Zwemmen kan ik niet. Ik ben voor water nog banger dan voor de beul. Ja, als iemand me deze kleine dienst nu zou willen bewijzen – ik zou hem graag belonen voor zijn moeite – ik zou er wel tien goudstukken voor over hebben.'

Zodra de boer dat had gehoord, zond hij een dankgebed op naar de Profeet, die hem deze kans had geschonken zich schadeloos te stellen voor het verlies van zijn geit en zijn ezel.

Hij zei tegen de man, 'Als u me op erewoord belooft die tien goudstukken te betalen waarover u het had, zal ik op zoek gaan naar uw kistje.'

Zonder plichtplegingen ontdeed de boer zich daarop van zijn kleren, die hij keurig opstapelde naast de schurk, en sprong te water. Toen de boer dook, begreep de dief haast te moeten maken, als hij zijn doel wilde bereiken. Hij greep de klerenbundel van de boer en verdween tussen de struiken.

De boer had zich naar de bodem van de vijver laten zakken en begon grondig te zoeken. Hij zag vissen en schelpen, waterplanten en stenen. Hij vond zelfs een paar oude laarzen en wat gebroken vaatwerk, dat door voorbijgangers in het water was gesmeten. Maar waar hij ook keek, een kistje diamanten zag hij nergens. En hij zag zelfs niet een losse diamant fonkelen.

Nadat hij verscheidene keren had gedoken, zwom de boer uitgeput naar de rand van de vijver om te zeggen, dat hij geen succes had gehad. Hij was bitter ontgoocheld bij de ontdekking, dat de onbekende was verdwenen en al zijn kleren had meegenomen.

Hij raasde en tierde. Hij hief in wanhoop de armen en vervloekte zijn gesternte. Hij sloeg zich met de vuist voor het hoofd en begon te schelden op de drie rovers – hij zag eindelijk in het slachtoffer van een komplot te zijn geworden. Maar het baatte hem niet, de rovers waren al ver weg.

En zo had elke schurk zijn weddenschap gewonnen en de boer, die de trotse eigenaar was geweest van een geit, een ezel en een goed pak kleren, moest in het naburige dorp een aardappelzak lenen en zonder een cent naar huis terugkeren.

DE POMPOEN

Er was eens een bejaarde vrouw, die Allah haar hele leven vruchteloos had gesmeekt haar een kind te geven. 'Ik verlang er zo naar,' zei ze tegen haar man, 'dat ik het lief zou hebben en als een moeder zou koesteren – al zou het er uitzien als een pompoen.'

En zowaar, op zekere dag toen ze de buitendeur opende om de morgenzon binnen te laten, rolde een kleine ronde pompoen de drempel over en de kamer binnen. Maar daarbij bleef het niet. De pompoen begon de oude vrouw om de voeten te buitelen. Even later begon hij te schreien als een pasgeboren kind. Hij schreide zo verdrietig, dat de oude vrouw hem in haar armen nam en begon te wiegen, net alsof ze een echte zuigeling suste. Tot haar verbazing werd de kleine pompoen al gauw stil en het geluid van zijn zachte ademhaling was duidelijk in de kamer te horen.

'Hij slaapt, mijn kleine schat,' zei de oude vrouw vertederd en ze legde de pompoen in een zachte wieg.

Het duurde niet lang of de oude vrouw was de pompoen als een eigen kind gaan beschouwen, mijn dochter, zei ze. Dagelijks bracht ze de wieg naar buiten in de zon, ze suste de pompoen als ze huildde, baade haar in geurig water en droogde behoedzaam de schil met een schone witte baddoek.

De oude vrouw en haar kind konden uren aaneen in de tuin spelen en het liefst speelden ze krijgertje. De pompoen wist verbazend vlug weg te komen en de oude vrouw riep dan, 'Denk je dat ik je niet kan pakken, jij kleine ondeugd? Wacht maar eens!'

Door al haar goede zorgen werd de pompoen voortdurend groter; de schil ging over in prachtig goudgeel met strepen en de oude vrouw had het zo druk met haar kind, dat de dag te kort leek. Toen haar pompoendochter ten slotte zo levenslustig en ondeugend werd dat de oude vrouw de drukte niet meer aankon, leek het haar tijd te worden het kind naar school te sturen. Daar zou de ongebreidelde kinderaard wel getemd worden door de strenge tucht van de onderwijzer.

De school stond dicht bij het paleis van de padisjah en de zoon van de padisjah ontvluchtte dikwijls zijn leermeester om uit het raam te kijken; de jongen was zo afgunstig op de kinderen van zijn vaders onderdanen, die gezellig met elkaar speelden en stoeiden op het schoolplein.

Toen hij weer eens voor het raam stond, ontdekte hij tussen de schoolkinderen die naar buiten stroomden en naar huis gingen, een prachtige goudgele pompoen, die de anderen narolde.

De zoon van de padisjah kon zijn ogen niet geloven en de volgende dag zorgde hij op dezelfde tijd weer voor het raam te staan om nog eens te kijken. Wat hij te zien kreeg was nog vreemder dan wat hij de dag tevoren had gezien – hij kon zijn ogen niet geloven. Terwijl hij stond toe te kijken, begon de pompoen bij het naderen van de wijngaard steeds langzamer te rollen, liet alle kinderen voorbijgaan en bleef liggen. Plotseling barstte de schil open als een oesterschelp en er stapte een beeldschoon meisje uit, een meisje mooier dan de maan.

Hij zag het meisje in een van de staken klimmen, waarlangs de wingerdranken zich omhoogslingerden; ze plukte een forse tros sappige druiven, die ze gretig opat. Nadat de laatste druif tussen twee rijen parelende tanden was verdwenen, liet het meisje zich omlaagglijden, stapte weer in de pompoen en rolde snel weg.

De rest van de dag en ook de daarop volgende nacht kon de prins alleen aan het meisje in de pompoen denken en hij werd zo verliefd op haar als een jonge prins maar kan zijn.

Weer werd het morgen en zijn leermeester wachtte tevergeefs op hem. Bevend van verlangen en ongeduld lag de jonge prins te wachten op het dak van de hut in de wijngaard in de hoop, dat het beeldschone meisje nog eens zou komen.

Toen ze dat eindelijk deed, was hij buiten zichzelf van blijdschap. Ze was nog niet uit de pompoen gestapt en langs een staak naar boven geklommen, of de prins boog zich over de dakrand en schoof haar zijn eigen kostbare ring aan de vinger, eer ze besefte wat er gebeurde. De ring was evenwel te ruim voor haar ringvinger en daarom schoof de prins hem om haar middelvinger, waaraan hij precies paste. Daarna nam hij de ring terug. Nadat hij dit had gedaan, sprong de jongeman van het dak en rende regelrecht naar het paleis en de kamer van zijn moeder. Hij knielde voor haar neer en zei, 'Lieve moeder, ik zou willen gaan trouwen, maar alleen met het meisje dat mijn ring aan haar middelvinger kan dragen. Hier is de ring.'

De moeder van de prins die grote genegenheid voor haar zoon koesterde, gaf de ring aan haar oudste hofdame en zond haar met een groot gezelschap dienaren uit om de omliggende streek te doorzoeken en het meisje op te sporen, dat de ring aan haar middelvinger kon dragen.

De hofdame liep dagen aaneen van huis tot huis, maar ontdekte geen spoor van een meisje, dat de ring van de prins aan haar middelvinger kon dragen. Eindelijk kwam ze ook bij het huis ver buiten de stad, waar de oude vrouw woonde met haar pompoendochter. De dienaren bonsden op de deur en riepen luid, zoals ze dat al dagen aaneen hadden gedaan, 'Woont er een meisje in dit huis?'

'Hou me niet voor de gek,' zei de oude vrouw, die opendeed. 'Mijn hele leven heb ik Allah gesmeekt om een kind, maar hij zond me een pompoen. Allah is almachtig en weet wat hij doet. Ik ben van die pompoen gaan houden alsof het mijn eigen dochter was en geloof maar dat ze een bron van trots en vreugde voor me is, thuis zowel als op de school, waar ze elke morgen heenrolt.'

De hofdame en de dienaren schaterden van het lachen, toen ze dit hoorden en wilden beslist die bijzondere pompoen zien. De oude vrouw nodigde hen binnen en zodra ze met eigen ogen de mooie pompoen aanschouwden, die er zo doodgewoon uitzag, moesten ze zich vasthouden van het lachen en de tranen stroomden hun over de wangen. Zodra ze weer op adem waren, deelden ze de oude vrouw mee wat het doel van hun komst was en vertelden erbij, dat ze nog geen meisje hadden gevonden wie de ring paste.

Het was nog niet gezegd of er werd plotseling een tengere meisjeshand uit de pompoen naar buiten gestoken en iedereen verstarde. De hofdame was de eerste die tot zichzelf kwam. 'De hand is er,' zei ze. 'Laten we de ring aan de middelvinger schuiven.' En met verbazing zagen allen, dat de ring precies paste.

Onverwijld repte de hofdame zich naar de prins en stelde hem op de hoogte van hun verbijsterende ervaring. Nadat hij haar had aangehoord, gaf de prins bevel de pompoen ogenblikkelijk naar het paleis te halen en zodra dit was gebeurd, zei hij, 'Dit is degene met wie ik zal trouwen, ik wil geen andere.'

Vruchteloos smeekte zijn vorstelijke moeder hem van zijn dwaze voornemen af te zien, de prins hield voet bij stuk. En er zat niets anders op dan voorbereidingen voor de trouwpartij te treffen. Na de plechtigheid, toen het bruiloftsfeest op het hoogtepunt was, stond de kamerheer op, trok zijn zwaard en riep luid, 'Kom nu uit de pompoen te voorschijn!'

Hij had het nog niet gezegd of de pompoen barstte open, zoals dat tevoren in de wijngaard was gebeurd, en er stapte een meisje uit zo verblindend schoon, dat alle aanwezigen de adem in de keel stokte. De padisjah en zijn gemalin waren met stomheid geslagen. Dezelfde avond nog werd de oude vrouw ontboden en toen ze verscheen en met eigen ogen zag hoe liefelijk het meisje was, dat in haar huis was opgegroeid en nu de bruid was van een koningszoon, voelde ze zich innig gelukkig.

Hierna bezocht de bejaarde vrouw haar dochter op gezette tijden en ze zag niet op tegen de vermoeienissen van de landurige en veelvuldige wandelingen en die twee toonden elkaar de genegenheid, die alleen tussen ouders en kinderen kan bestaan.

Op zekere dag toen ze als gewoonlijk op weg was naar haar dochter en nog een flink eind te lopen had, zag ze zich de weg versperd door een leeuw, die haar te kennen gaf dat hij haar wilde verscheuren, want het was zo ongeveer etenstijd voor hem.

'Zoek vandaag dan iets anders te eten, beste leeuw, als je zo vriendelijk wilt zijn,' smeekte de oude vrouw. 'Ik ben op weg naar mijn getrouwde dochter. Laat me haar nog eenmaal zien. Als ik terugkom, doe je maar met me wat je wilt.'

De leeuw bedacht dat hij altijd een nobel dier was geweest, hij was ten slotte de koning van de dieren, en hij voldeed aan het verzoek.

De oude vrouw vervolgde haar weg, maar ver kwam ze niet. Terwijl ze langs een dichte begroeiing van struiken kwam, sprong er een wolf op haar af en zijn ogen waren van de honger met bloed doorlopen en zijn slagtanden waren bloot. De blaffende stem waarmee hij haar begroette was het enige verschil tussen hem en de leeuw, want wat hij wilde kwam op hetzelfde neer. Evenals de leeuw liet evenwel ook de broodmagere wolf met zijn hol staande ogen zich overhalen zijn maaltijd uit te stellen tot de vrouw een bezoek aan haar dochter zou hebben gebracht.

En ze liep door, maar veel verder kwam ze niet. Terwijl ze om een groot brok steen heenliep dat haar pad versperde, veranderde het rotsblok plotseling in een gruwelijke verschijning, die niemand minder was dan de woestijnduivel. Zijn wrede lach was nog angstaanjagender dan de scherpe tanden van de wolf en hij luisterde vol wantrouwen, terwijl de vrouw nog eens smeekte door te mogen lopen. Ze moest lange tijd aanhouden, eer hij haar eindelijk toestond verder te gaan.

Zo bereikte de oude vrouw dan toch haar bestemming. Drie dagen bleef ze bij haar dochter. Toen was het ogenblik aangebroken waarop ze afscheid moest nemen en de gemalin van de prins merkte, dat haar moeder gekweld werd door een zware zorg.

'Wat is er aan de hand, lieve moeder?' vroeg ze en de oude vrouw vertelde haar met een stem die trilde van angst, wat er op de heenweg was gebeurd en wat haar op de terugweg wachtte.

'Zet die angst nu maar van u af, ik zal u helpen,' zei de prinses. En ze ging de pompoen halen. 'Kijk – stap er maar in en rol naar huis.'

Dat deed de oude vrouw en ze rolde terug langs het pad waarlangs ze was gekomen, maar ze werd op zeker ogenblik tegengehouden door de gespleten hoef van de boze geest.

'Zeg eens, ronde streepjespompoen, heb je onderweg soms een oud wijf gezien?'

'Nee, ik niet,' zei de pompoen. 'Ik zweer bij de soep waarin de Profeet zijn baard liet hangen en bij alle vellen van de ui, dat ik onderweg geen enkel menselijk wezen, laat staan een oud wijf heb gezien. En zou je me nu een zetje willen geven? Ik moet verder, ik heb nog een lange weg voor de boeg.'

En de boze geest gaf haar een zetje met de punt van zijn gespleten hoef en de pompoen rolde dapper verder en bleef rollen tot hij werd tegengehouden door de wolf. En omdat de wolf dezelfde vraag stelde als de boze geest, lag het voor de hand dat hij hetzelfde antwoord kreeg. En ook hij gaf de pompoen een zetje met zijn bek en de pompoen rolde maar verder, pardoes in de klauwen van de leeuw. De leeuw vroeg hetzelfde als de twee anderen voor hem en de pompoen gaf hem hetzelfde antwoord.

En dat was jammer – ditmaal had de oude vrouw beter over haar antwoord moeten nadenken.

De manen van de leeuw kwamen overeind van woede bij de gedachte, dat een doodgewone pompoen hem een dienst had durven vragen. En hij had reden tot woede, want was hij niet de koning van de dieren? En in plaats van het zetje te geven, waarom de pompoen hem had verzocht, greep hij de pompoen, hief hem hoog op en smeet hem tegen een rots. De schil sprong open en o schrik, wat eruitsprong was de oude vrouw, die hem in een eindeloze woordenstroom begon uit te schelden.

De leeuw vergat zijn woede en in zijn plotselinge angst en verbijstering drong het niet eens tot hem door dat dit de oude vrouw was, waarmee hij zijn maal had willen doen. Met de staart tussen de achterpoten sprong hij weg, op de vlucht voor die scheldende stem. Hij verdween in het hoge gras langs de weg.

En de oude vrouw kwam veilig thuis en toen zij haar dochter weer bezocht, lachten de twee vrouwen hartelijk om wat haar was overkomen.

ALI'S VREEMDE AVONTUUR

In de provincie Chorasmia woonde eens een arme boerenarbeider. Van 's morgens vroeg tot 's avonds laat werkte hij hard op de akkers van de boeren, maar ondanks dat kon hij soms geen stuk droog brood voor zijn avondmaal kopen. Deze man had een zoon Ali, die de enige vreugd in zijn bestaan was. En op zekere dag kwam de jongeman naar zijn vader toe en deelde hem mee, dat hij van plan was de wereld in te trekken.

'Hoe wil je de kost verdienen en wat wil je gaan doen in die grote wereld, licht van mijn ogen? Je bent nog een jongen en je kent de mensen nog niet. Ze zullen je bedriegen en voorliegen en dat zullen ze.'

'Niet bang zijn, vader, ik red me wel,' antwoordde de jongen.

'Ja, dat beweer jij!'

'Maar het is zo, ik weet het zeker. Wedden om wat u maar wilt,' zei Ali lachend en de blik in zijn ogen bewees wel, dat hij zijn besluit had genomen en daarvan niet meer af te brengen zou zijn.

Zijn moeder bakte dan ook een groot brood voor hem, bond het in een doek, gaf hem haar zegen en Ali ging van huis. Hij liep recht voor zich uit zijn neus na en waar zijn ogen hem brachten en door zeven dalen en over zeven rivieren ging hij zijn weg naar de verre verre bergen.

Hij liep en liep maar en toen hij uitgeput raakte, ging hij zitten op de rand van een put in de schaduw van een paar waterwilgen. En omdat hij honger had gekregen, nam hij het brood uit de doek en tastte toe. Hij at overigens niet het hele brood op, want hij moest aan de dag van morgen denken; honger is nu eenmaal een kwade metgezel. Hij borg de helft van het brood weer op voor de komende dag, waarna hij zich bukte om in de kom van zijn handen wat water op te scheppen en zijn dorst te lessen. 'Och,' zei hij zuchtend, 'ik wou dat dit water wijn was.'

Hij had het nog niet gezegd of uit het niets verscheen een klein mannetje, dat niet verder reikte dan tot aan zijn knieën, maar een baard met zich omtorste die minstens zeven maal zo lang was.

'Je hebt me geroepen, jongen, hier ben ik,' zei dat mannetje.

'Ik? Maar ik weet niet eens hoe u heet!' riep Ali.

'O nee? En je riep "Och" en zo noemt iedereen me.'

'Ik zei och, maar dat was meer een zucht,' legde de jongen uit.

'Goed dan,' zei de dwerg, 'maar nu ik er toch eenmaal ben, zou je me best kunnen vertellen waar je heengaat.'

'De grote wijde wereld in,' zei Ali.

'Welke wereld, beste jongen, welke wereld? Vertel me dat eens.'

'Is er dan meer dan een? Zijn er soms zoveel werelden als kippeneieren?'

'Wie weet. Meer wel misschien. Als je eens meeging naar de mijne, dan kun je wat beleven,' antwoordde Och en hij nam Ali mee naar een oude holle walnootboom, die dicht bij hen zijn takken uitspreidde. Nadat hij in de duistere holle stam was gestapt, ontdekte Ali tot zijn verrassing dat het eigenlijk een klein gewelfd poortje was, dat toegang gaf tot de mooiste weide vol bloemen, die ooit door de zon was beschenen.

Ze liepen verder door laag dik gras, waarin bloemen bloeiden, die als noten waren gevormd en hun van alle kanten een welkom toeknikten. Vlinders klapten op door de zon verwarmde stenen hun vleugels open en dicht en die kleurige vleugels leken op het rimpelpatroon dat een pas gekraakte walnoot vertoont. En de kleine huisjes aan de overkant van de weide, die ze inmiddels naderden, waren halve doppen van kokosnoten, waarin deuren en ramen waren uitgesneden en op elk dak stond een schoorsteen van knobbelige pinda's.

'In welk huis wil je wonen? Zoek er maar een uit,' zei de walnootkabouter.

'Ze zijn allemaal zo mooi, klein dwergje. Ik zou het liefst in elk huis gaan wonen.'

'Nou nou, jij bent ook de bescheidenste niet, zeg vriend. Wat denk je van dat middelste huis, waar je mijn dochter bezig ziet met schoonmaken?'

Ali ging naar het huisje toe. Binnen trof hij een jong meisje aan, dat gekleed was in een jurk van notebladeren en dat de vloer veegde.

'Ga je voor mijn vader werken?' vroeg het meisje aan de jongen.

'Weet ik nog niet. Zeg jij me eens, moet ik dat doen?'

'Je kunt hier een massa dingen leren – dingen die de mensen niet weten. Maar luister goed naar wat ik zeg. Mijn vader is een boosaardige tovenaar en heeft al heel wat leerlingen opgeleid. En allemaal zijn ze op dezelfde manier aan hun eind gekomen – zodra ze al zijn toverkunsten kenden, heeft hij hen een voor een als komkommers in de pekel gezet in vaten, die nu in de grote kelders staan die onder al deze huizen doorlopen. Als hij oud begint te worden en zijn toverkunsten gaat vergeten, wil hij zijn geheugen opfrissen met behulp van die arme ingepekelde stakkers, die jong en fris zijn gebleven.

Toen hij dat hoorde begon Ali te beven van angst. Hij wilde zich omkeren en wegvluchten, maar het meisje greep hem bij de hand. 'Waar ga je heen, domme jongen!' fluisterde ze. 'Denk je werkelijk, dat Och je nu nog laat gaan? De opening in de walnootboom die naar de wereld van de mensen leidt, was in de dikke schors getoverd. Die zul je nooit terugvinden. Maar je hoeft niet bang te zijn. Ik vind je lief en ik zal je zeggen hoe je hier veilig en wel vandaan kunt komen. Als mijn vader begint je alle knepen van zijn vak te leren, luister je heel goed, maar laat hem niet merken dat je er ook maar iets van begrijpt. Gedraag je als een onnozele knaap, hou je van de domme. Na verloop van tijd zal Och er genoeg van krijgen, omdat het nutteloos zal lijken jou in de pekel te zetten. En hij zal je terugsturen naar de wereld van de mensen.'

En zo gebeurde het. Och besteedde al zijn tijd en krachten aan de opleiding van Ali in de verschillende onderdelen van zijn kunst – alchemie, scheikunde en astrologie, maar ook hoe hij met toverformules geiten en koeien kon genezen, die een opgezwollen maag hadden en het voornaamste, hoe hij de gedachten van mensen kon lezen. En hij leerde Ali hoe hij zich in verschillende dieren kon veranderen.

Hij gaf de jongen een heel jaar lang onderricht en na afloop daarvan kon hij verklaren, dat zijn leerling de domste jongen was die hij ooit in de leer had gehad en dat al zijn inspanning nutteloos was geweest. Daaruit blijkt wel hoe goed Ali de raad van het meisje ter harte had genomen en hoe handig hij de dwerg had weten te misleiden wat betreft zijn vorderingen tijdens de lessen.

Och zag in dat hij alleen maaar een extra mond had open te houden, zonder dat daar voor hem ook maar enig voordeel tegenover stond. Op zekere dag toen hij voor de duizendste keer vruchteloos had geprobeerd Ali te leren hoe hij zich in een muis kon veranderen, keek hij de jongen aan en zei, 'Heb jij soms heimwee, vriendje? Zou je niet liever teruggaan naar de wereld van de stervelingen?'

'Ja, graag, antwoordde de jongen. 'Daar is het nu lente en de bomen beginnen in bloei te komen.'

'Omdat je zo'n schrandere leerling bent geweest, zal ik je wens vervullen. Ik breng je er dadelijk heen.'

Ali kreeg nauwelijks de tijd afscheid te nemen van de tovenaarsdochter, de dwerg wilde hem het liefst zo gauw mogelijk kwijt. 'Kom, we moeten opschieten,' voegde de walnootkabouter de jongen toe. 'Het is niet vroeg meer en we mogen ons niet door de duisternis laten overvallen.'

Ze liepen of liever draafden naar de oude walnootboom. Onderweg mompelde Och zijn toverformules. Vervolgens begon hij op de stam te slaan alsof hun leven ervan afhing. Zodra de stam zich had geopend, zag Ali de put en de waterwilgen, het pad naar het dorp, de akkers en de steppe en de bergen in de verte.

Met een zware zucht van opluchting sprong Ali uit de holle stam op de bruine aarde, die veilig aanvoelde. Heerlijk was het terug te zijn! Terwijl hij over zijn schouder keek, zag hij nog de baard en de gebalde vuist van de dwerg, die hem naschreeuwde, 'Ik wil je nooit terugzien, stommeling. Pas op als ik je hier ooit weer aantref. Je hebt me heel wat zweetdruppels gekost en wat heb je geleerd? Niets! Alleen de koekjes op te eten, die mijn dochter bakte. Dat was het enige waarvoor je deugde! Och!'

Zijn stemgeluid werd steeds zwakker en de baard werd langzaam in de holle boom teruggetrokken en was ten slotte geheel verdwenen.

'Je zult je zin hebben. Als je niets meer van me wilt weten, dan wens ik je het beste!' riep Ali in de richting van de boom. Daarna gaf hij een ferme slag op de putrand en ging er ijlings van door naar huis.

Zijn ouders waren niet weinig verheugd, toen ze hun zoon terugzagen en de vragen rolden hun van de lippen in een niet te stelpen stroom. Waar was hij dat hele jaar gebleven en wat mochten ze hem voorzetten om zijn thuiskomst te vieren? Het was een nobel aanbod, maar helaas waren de planken leeg en stonden de wijnkruiken droog. Er heerste bittere armoede in het gezin en dat was aan alles te merken.

'Maken jullie je daarover geen zorgen, lieve vader en moeder,' zei Ali. 'Morgen, vader. moet u zich zodra het licht wordt klaarmaken om naar de stad te gaan, maar voor u vertrekt moet u eerst even in het hondehok op het erf kijken. U zult er een prachtige jachthond vinden met een halsband om. Neem hem mee en verkoop hem en 's avonds zullen er zilverstukken op onze tafel rinkelen. Aan een ding moet u denken. Vergeet niet de hond voor u hem verkoopt de halsband af te doen en steek die band in uw zak.'

De volgende morgen was Ali voor dag en dauw op, sloop naar het erf, mompelde een toverspreuk en sloeg met zijn hand op de grond, zoals hij het van Och had geleerd. Op hetzelfde ogenblik veranderde hij in een schitterende jachthond.

Niet veel later trippelde hij met zijn vader mee naar de stad. Toen ze ongeveer halverwege waren gekomen, ontmoetten ze een wagen, waarin vier jagers met grauwe baarden zaten, die pijlen en boog over de schouder hadden en het jachtmes in de gordel.

'Waar gaat u met die prachtige hond naar toe?' vroeg de oudste jager.

'In de stad verkopen.'

'Hoeveel moet hij kosten?'

'Dertig zilverstukken. Maar zonder de halsband.'

'Dat neem ik aan,' zei de jager. 'Een halsband kan ik overal kopen, maar zo'n hond kom je niet elke dag tegen.' En bereidwillig betaalde hij de vader van Ali dertig zilverstukken.

De arme man die nu niet arm meer was, stak het geld in zijn buidel, die nauwelijks groot genoeg was, en de hond werd door de jagers in de wagen getild. Ze waren nauwelijks een kwart mijl verder gereden, toen er vlak voor het paard plotseling een haas te voorschijn sprong. De hond kreeg lucht van het wild en begon te trillen alsof hij koorts had en maakte aanstalten de haas na te zetten. De oude jager moest hem met beide armen omklemmen om hem te beletten uit de wagen te springen.

'Laat hem toch gaan. Laten we eens kijken of hij een spoor kan volgen. Je wilt toch ook graag weten of hij deugt?' zei een van de andere jagers.

'Vrienden, ik vrees dat hij er vandoor zal gaan en niet terugkomt.'

'Het is alsof je voor het eerst op jacht bent. Wie heeft er nu ooit gehoord dat een jachthond die dertig zilverstukken gekost heeft, aan de haal gaat als een dorpshond van onbestemd ras? Doe ons het plezier, laten we eens kijken of hij het spoor scherp volgt, of hij snel is en of hij de prooi in de nek weet te grijpen en aan je voeten te leggen. Of ben je soms bang een miskoop te hebben gedaan?'

Deze uitlatingen deden het bloed van de oude man koken en hij zei woedend, 'Hoe durven jullie zoiets zeggen! Heb ik niet de kwaadaardigste evers neergelegd, heb ik niet met een enkele pijl de snelste fazanten geschoten? Bij de baard van de Profeet, jullie zullen zien wat een schitterende jachthond ik gekocht heb. Ga je gang, jongen. Haal me die haas!'

De bevrijde jachthond ging er als een pijl uit de boog vandoor, volgde het spoor van de haas over de akker en verdween uit het gezicht. De jagers bleven in de wagen wachten. Het werd een lange wachttijd. Ten slotte begon het hun te vervelen en ze dachten, 'Wat kan ons die haas nog schelen? Kwam die ellendige hond maar terug, dan konden we naar huis gaan.' Maar de hond was nergens te bekennen.

'Wie betaalt me mijn dertig zilverstukken terug?' riep de oudste jager bijna huilend. 'Jullie mogen wel eens in de buidel tasten en me iets van de koopprijs vergoeden. Doordat jullie zo aandrongen, heb ik hem losgelaten; het is jullie schuld, dat hij spoorloos verdwenen is. Jullie stommiteit heeft me dertig zilverstukken gekost.'

Op het ene woord volgde het andere en allen vergaten de tijd. Toen ze eindelijk op de gedachte kwamen terug te rijden en na te gaan of de hond toevallig naar Ali's vader terug was gelopen, was het na twaalf uur en de weg lag te gloeien in de hitte van de middagzon. Ali's vader was onderwijl allang weer thuisgekomen en genoot een stevige maaltijd met zijn zoon, die tijdig zijn ware gedaante had hernomen. En terwijl ze aten, lagen er inderdaad zilverstukken op tafel.

'Heel verstandig van u mijn raad op te volgen en de jachthond zonder halsband te verkopen,' zei Ali tegen zijn vader. 'Als u morgen net als vandaag doet wat ik zeg, krijgen we goud op tafel in plaats van zilver. Ga bij het aanbreken van de dag naar de geitestal en breng het dier dat daar zal staan, naar de markt in de stad. U zult er een goede prijs voor krijgen, maar een ding moet u onthouden – wat er ook gebeurt, verkoop niet de teugel, al zou men er u het hele koninkrijk van de sjah voor bieden.'

In een voortreffelijk humeur gingen ze slapen.

De volgende morgen sloop Ali weer voor dag en dauw de deur uit en het erf op, waar hij de geheime bezwering uitsprak en een meter de lucht insprong, zoals hij het van Och had geleerd Op hetzelfde ogenblik was er geen Ali meer; op zijn plaats stond een fraaie gazelle met een gouden teugel om de hals.

De mensen verdrongen zich om de vader van de jongen, toen hij met dit dier aan de teugel op de markt verscheen. Gazellen zijn misschien wel de mooiste dieren op aarde en dit was zeker de mooiste van alle gazellen.

Tussen de toeschouwers stond de zoon van de sjah, die met zijn leermeester naar de bazaar was gekomen om te genieten van wat er daar te zien viel, om de geuren op te snuiven. Toen zijn blik op de gazelle viel, kwam de begeerte bij hem op dat dier te bezitten om ermee te spelen in de paleistuin.

'Ik moet dat prachtige dier hebben. Koop het voor me!' zei hij tegen zijn leermeester en tezamen baanden ze zich een weg door de mensenmenigte en klampten de koopman aan.

'Wat moet u voor dit dier hebben? Noem ons de prijs en we zullen niet afdingen!'

'Honderd goudstukken en moge mijn huis in puin vallen, als ik er ook maar een goudstuk afdoe,' antwoordde Ali's vader brutaal.

'We gaan niet onderhandelen, vriend,' zei de leermeester; hij draaide zich om naar de dienaren en gaf hun een wenk, waarop ze een tapijtje in fraaie kleuren ontrolden; daarop telde hij honderd gloednieuwe goudstukken uit. Ali's vader borg ze weg in een zak, want zijn buidel kon niet meer dan een kwart van de hoeveelheid bevatten en begon vervolgens de gazelle van de teugel te ontdoen.

'Waarom doet u hem die prachtige teugel af, die het dier zo mooi staat?' zei de prins lachend. 'Die koop ik ook en u kunt ervoor krijgen wat u vraagt, zelfs tot de helft van het koninkrijk van mijn vader. Weet u, de gazelle zou weglopen zonder die teugel en dat zou me verschrikkelijk spijten.'

'Deze gazelle heeft geen teugel nodig, hoogheid, hij is tam en zal u volgen waar u gaat. U hebt alleen wat rozijnen nodig,' zei Ali's vader en hij stopte de teugel snel in de zak met goudstukken.

De prins verzocht zijn leermeester een pond rozijnen te kopen; hij liet die rozijnen in zijn zak glijden en gaf er de gazelle telkens een, terwijl ze doorliepen. En werkelijk, als een goed afgerichte hond volgde de gazelle hem op de hielen en de prins genoot van zijn sierlijke bewegingen. Wat was het een lief en volgzaam dier! Hij stak warempel de neus al in zijn zak!

Dat vond de prins zo leuk, dat hij zijn zak zo ver mogelijk openzette, zodat de gazelle gemakkelijker bij de rozijnen kon komen. Het gevolg was dat het vreemde dier nu probeerde behalve de bek ook de voorpoten in de zak te steken!

'Kijk eens, de gazelle wil in mijn zak klimmen! Hij zou zich het liefst in de rozijnen begraven,' zei de prins tegen zijn leermeester.

De leermeester keek beter toe en zag tot zijn verbijstering kop en hals van het dier in de zak van de prins verdwijnen, waarna schouders, romp en buik en ten slotte de achterpoten volgden, zodat alleen de hoeven nog zichtbaar waren – en ook die waren even later verdwenen. De gazelle was geheel en al in de zak van de prins weggekropen en had daarover maar een paar minuten gedaan; allen die dit ongeloofwaardig gebeuren hadden aanschouwd – en dat waren minstens vijftig mensen – konden bij de pantoffels van hun vader zweren dat ze zich niet vergist hadden!

Met uitpuilende ogen en een van verbazing openhangende mond begon de prins met zijn hand in zijn zak te tasten. Waar was zijn sierlijk speelmakkertje gebleven? Het arme diertje moest tot de omvang van een muis ineengeschrompeld zijn, als hij plaats in die zak kon vinden!

Zijn vingers kwamen met een of ander in aanraking, maar in plaats van de harige pels van zijn speeldiertje voelde hij iets dat aan vogelveren deed denken en op hetzelfde ogenblik vloog er met snorrend geluid een spreeuw uit zijn zak en de lucht in. Eer men besefte wat er gebeurde, was hij als een stipje in de hemel verdwenen. De leermeester greep de prins bij de hand en draafde met hem terug naar de bazaar, waar hij de vreemdste koop van zijn leven had gesloten. Maar waar hij ook zocht, de man die hem de gazelle had verkocht, was nergens meer te bekennen.

Onderwijl was Ali's vader al een heel eind gevorderd langs de stoffige weg naar huis; hij had zo snel gelopen dat de ontsnapte spreeuw hem niet ver voor was. Maar zodra de vogel met zijn vleugel de huisdeur aanraakte, stond Ali weer voor het huis. En toen zijn vader ook thuiskwam, zag hij zijn zoon in de deuropening wachten en ze begroetten elkaar hartelijk.

Ze gingen naar binnen en de vader liet de inhoud van de zak op de tafel rollen. Verrukt keken ze toe. De gouden glans verdreef de schaduwen tot uit de uiterste hoeken van de kamer. 'Het ziet ernaar uit dat we eindelijk rijk zijn, zoon,' zei Ali's vader. 'Maar ik zou nog meer willen hebben, zodat ik nooit meer de hand aan de ploeg hoef te slaan. Ik zou de rest van mijn dagen graag willen slijten met eten en drinken en leven als een vorst.'

'Zoals u wilt,' zei Ali. 'Ga morgenvroeg naar de stal en u zult er een ezel aantreffen zo fraai, dat geen ander lastdier met hem kan wedijveren. Breng hem naar de markt, maar vergeet niet hem de halster af te nemen, voor u hem verkoopt.'

De volgende ochtend stond de jongen ook weer heel vroeg op, mompelde de toverspreuk, balkte driemaal luid zoals Och het hem geleerd had en op zijn plaats stond een schitterende grijze ezel met een vel dat glansde als zilver en die ezel droeg een oude versleten halster om de nek.

Ali's vader kwam even later de stal binnen en bracht met trots gelaat de ezel naar de markt. De marktbezoekers staakten het loven en bieden zodra hij verscheen en kwamen het mooie dier bewonderen, het mooiste dat ooit in de stad was vertoond.

Helaas stond ook Och tussen de mensen. De dag tevoren had hij twee reizigers die onder de walnootboom zaten uit te rusten, horen praten over de gazelle, die in

de zak van de prins was verdwenen. Hij had even nagedacht en was tot de conclusie gekomen, dat alleen Ali dit gedaan kon hebben.

'Geen enkele jongen die de geheimen van mijn kunst kende, heeft ooit naar de wereld van de stervelingen mogen terugkeren,' dacht Och. 'Ze liggen allemaal veilig in de pekel in die vaten in mijn ondergrondse kelders. Alleen Ali heb ik, stommeling die ik was, vrijgelaten. Hij heeft met nog meer geestdrift de onnozele hals uitgehangen dan de koekjes van mijn dochter verslonden, maar hij is met mij nog niet klaar!'

Met de punt van zijn magische hazelaartak trok de dwerg een kring ter grootte van een molensteen en op hetzelfde ogenblik was hij veranderd in een welgestelde molenaar, die zijn schreden naar de markt in de stad richtte... En nu stond hij daar voor de ezel en herkende ogenblikkelijk Ali aan de kleur van zijn ogen.

'Nou nou, vriendje, het heeft niet veel tijd gekost je te vinden,' zei hij in zichzelf en wendde zich tot de man die de halster in de hand hield.

'Zeg eens, brave man, hoeveel moet je voor je ezel hebben?' vroeg hij.

'Tweehonderd goudstukken,' antwoordde Ali's vader. Er werd door de omstanders verbijsterd gemompeld, want het was een ongehoord hoog bedrag voor een ezel.

'U vraagt bepaald geen zacht prijsje, maar goed! Het is werkelijk een fraai dier en dat weet u ook.' En de tovenaar haalde zijn buidel te voorschijn en wilde het koord al openmaken, toen zijn hand verstarde, want Ali's vader deed de ezel de halster af.

'Wat doet u nou?' riep de molenaar, die de dwerg was. 'Dat dier moet de halster omhouden.'

'Ach, beste man, wat hebt u nu aan zo'n oude versleten halster? Die past toch niet bij dit fraaie dier?' kreeg hij te horen.

'Houd me ten goede, maar ik weet een en ander van ezels af. Het dier is aan deze halster gewend en zal zich als een lam laten meenemen.'

'Nee, ik kan u de halster niet verkopen, hij is me door mijn vader nagelaten. Dat zult u kunnen begrijpen.'

'Ik geef u er honderd goudstukken voor.'

'Het spijt me, nee. Laten we er niet meer over praten.'

'Tweehonderd! Wat zegt u nu?'

'Dat u me niet in verleiding moet brengen.'

En zo ging het door. Ali's vader hield voet bij stuk en de dwerg ging steeds hoger met zijn bod en ten slotte bood hij het bedrag van vijfhonderd goudstukken. Tegen zoveel geld had de man geen weerstand meer, zijn gezond verstand moest het tegen zijn hebzucht afleggen. 'Vijfhonderd, zei u? Voor die halster? Hij is verkocht en veel geluk ermee.'

Tevergeefs keek de ezel die Ali was, zijn vader mistroostig en smekend aan. Tevergeefs balkte hij vertwijfeld. De boerenknecht, blind en doof voor alle smeekbeden, maakte zijn zak al open om het geld van de tovenaar in ontvangst te nemen.

Och betaalde het geld uit, sprong op de ezelrug en nam de kortste weg naar de stadspoort en zijn huis.

'Je wilde mij dus te slim af zijn, hè?' zei de dwerg tegen de ezel, zodra ze zich buiten de stadsmuren bevonden. 'Weet je welke straf een leerling krijgt, die zijn leermeester belachelijk durft te maken? Dit zal je duur te staan komen. Wacht maar!'

En daarna plantte hij zijn hakken in de flanken van de ezel en hij deed het zo gewelddadig, dat het arme dier balkte van pijn en vlugger begon te lopen. Het duurde niet lang of ze hadden de put en de oude walnootboom bereikt en Och dreef de ezel de holle stam binnen en de notenweide op.

'Haal me een mes uit je keuken,' schreeuwde hij zijn dochter toe, zodra hij op de grond stond. 'Ik heb trek in gebraden ezelvlees voor het avondeten.'

'Zo'n prachtige ezel! En kijk die verdrietige ogen eens!' zei het meisje. 'Spaar zijn leven, vader. Het is jammer zo'n mooi dier te doden. Geef hem liever aan mij als rijdier.'

'Stomme meid,' snauwde de dwerg. 'Kijk hem eens goed in de ogen. Zijn het geen ogen die je eerder hebt gezien? Ik zal je eens wat zeggen. Dit is Ali. Hij heeft me bedrogen, maar nu heb ik hem weer in mijn macht.'

De dochter van de dwerg vloog naar het huisje, waar ze altijd notesoep en notepastei, notekoekjes en notegebak voor Och maakte. Ze griste het mes van de tafel en besloot het in de diepe plas aan de rand van de weide te gooien. Op die manier kon ze mogelijk het leven van Ali nog redden. Zodra ze het gedaan had, ging ze terug naar de dwerg en vertelde hem, 'Vader, ik wilde het mes in de plas afspoelen en toen is het aan mijn hand ontglipt!'

'Wie had tegen je gezegd dat je het moest afspoelen, onhandige sukkel!' schreeuwde Och woedend. 'Ga dat mes dadelijk uit het water opvissen.'

'O nee,' zei het meisje, 'de plas is te diep. Ik zou er misschien invallen en verdrinken.'

'Kom hier en houd de ezel bij de halster, dan zal ik het mes gaan halen,' zei de dwerg, 'maar laat de halster niet aan je vingers ontglippen. Denk eraan, dat je hem goed vasthoudt.'

Nauwelijks was de dwerg verdwenen, of het meisje nam haastig de ezel de halster af. Ali mompelde een toverspreuk en op de plaats van de ezel fladderde een duif, die zich met klapperende vleugels hoog in de lucht verhief.

'Wat krijgen we nou? Onze ezel is op de wieken gegaan!' krijste Och ziedend van woede, zodra hij de duif in het oog kreeg. Op hetzelfde ogenblik veranderde hij zich in een havik en zette de duif na. De duif die het gevaar zag naderen, vloog ijlings naar de tuin van de sjah, waar hij zich tussen de heesters liet vallen en zich in een fraai rode roos veranderde. Onverwijld veranderde Och zich van een havik in een baardige derwisj en ging voor het gestileerde smeedijzeren hek staan, dat toegang gaf tot de tuin.

Het duurde niet lang of hij werd opgemerkt door de wacht, die zich dadelijk naar de sjah begaf om de komst van de bezoeker te melden. De sjah zat te rusten in de schaduw van dezelfde heester, die de roos droeg waarin Ali zich veranderd had, toen de schildwacht hem kwam vertellen dat de heilige aan de poort stond.

'Geef de man een aalmoes en zend hem heen,' antwoordde de sjah en gleed weer weg in zijn aangename sluimering.

De wacht haastte zich het bevel uit te voeren, maar toen hij bij de derwisj kwam, riep de heilige, 'Houd uw geld, mijn vriend. Ik zoek geen geld, maar schoonheid. Ik zou zo graag die fraaie roos boven het hoofd van de sjah willen plukken.'

Voor de tweede maal werd de sjah uit zijn slaap gewekt, maar hij voldeed bereidwillig aan het verzoek, om maar zo gauw mogelijk met rust te worden gelaten.

En zo werd Och in de vermomming van cen derwisj, een heilig man, in de tuin gelaten. Zijn lange magere vingers grepen al toe, toen de roos plotseling omhoogvloog en veranderde in een smaragd, die neerviel in de kroon van de sjah. Dit was zoiets vreemds, dat de sjah meende een droom te beleven; smaragden vliegen nu eenmaal niet als sprinkhanen door de lucht. Met een tevreden zucht sloot hij de ogen dan ook weer en vouwde zijn handen samen op zijn buik.

Nog eens werd hij in zijn rust gestoord, toen hij de stem van de derwisj hoorde zeggen, 'Moge Allah u boven alle heersers op aarde verheffen, majesteit. En mag ik die smaragd hebben?'

'Goed, goed, die kunt u krijgen,' zei de sjah, opgeschrikt uit zijn sluimer en niet beseffend wat hij zei. En hij nam de kroon van zijn hoofd en wilde de smaragd eruittrekken. Op hetzelfde ogenblik veranderde de groene steen evenwel in een rode granaatappel, die als een overrijpe meloen openbarstte en de zaden in het dichte gras verspreidde.

De derwisj liet zich niet van de wijs brengen en veranderde zich op slag in een haan, die de zaden een voor een zo vlug mogelijk oppikte. Voor hij daarmee klaar

was veranderde een zaad dat aan zijn pikkende snavel was ontsnapt in een jakhals, die de haan besprong, hem de kop afbeet en tussen de heesters verdween.

De sjah kroop vergezeld van de vele dienaren, die om hem heen waren komen staan, op handen en voeten de jakhals na en bereikte juist op tijd de rand van een open plek om het dier in een vijgebosje tot staan te zien komen. En met open monden keken allen toe, terwijl de jakhals driemaal de oren spitste; daarna scheurde zijn vacht op de rug open en er kwam een krachtig gebouwde knappe jongeman te voorschijn. Ze renden naar hem toe en vroegen hem wie hij was en hoe hij bij al die tovenarij betrokken was geraakt en Ali, nu weer in het bezit van een mensestem, deed zijn verhaal.

De sjah liet zich met gekruiste benen in het gras neer en draaide met zijn duimen, terwijl hij de wonderbaarlijke avonturen van de jongeman beluisterde. En al gauw begon hij met het hoofd te knikken. Dit alles was zo zonderling, dat het alleen uit een droom kon stammen. Terwijl Ali doorvertelde, viel de sjah vast in slaap.

Ali keerde terug naar de hut van zijn vader en de twee betrokken een huis niet minder groot dan het paleis van de sjah. Maar Ali was wel zo verstandig nooit meer te reppen van de dwerg of van zijn toverkunsten. En hij liep met een grote boog om de oude walnootboom heen.

DE WIJZE SJAH

Er was eens een sjah die de vrede zo liefhad, dat hij nooit een oorlog begon. Hoe schilderachtig zijn viziers hem vaak ook de rijke buit beschreven die hij in vreemde landen zou kunnen veroveren, hij toonde geen belangstelling. Hij ging ook niet met oorlogszuchtige lieden om. Zijn beste vriend was de hofnar en haast elke avond slopen deze twee door de geheime deur aan de achterzijde van het paleis naar buiten, verkleed als bakkersleerlingen of als bedienden op zoek naar een betrekking. Het liefst zaten ze tot laat in de avond in de kleine café's en theehuizen om erachter te komen hoe de gewone man leefde.

Zo kwam het dat de sjah meer van zijn onderdanen afwist dan al zijn ambtenaren samen en het was een van zijn grootste genoegens bewijsmateriaal te verzamelen voor rechtszaken, waardoor hij dan wel eens onderdanen vrijgesproken kreeg, die vals waren beschuldigd.

Op zekere dag trof een geleerde voorbereidingen voor een lange reis. Hij bezat thuis geen brandkast en had ook geen sterke sloten op zijn deuren en daarom leek het deze bejaarde geleerde beter zijn duizend zilverstukken in bewaring te geven bij een koopman, die door de stadsbevolking algemeen werd geacht.

'U hebt in uw kelders volop ruimte om mijn bezit op een veilige plek weg te bergen,' zei de geleerde tegen de koopman. 'Ik kom het halen zodra ik van mijn reis teruggekeerd ben en ik zal u naar waarde voor uw dienst belonen.'

'Ik denk wel aan uw verzoek te kunnen voldoen, edele heer,' antwoordde de koopman met een diepe buiging en vervolgens telde hij zorgvuldig de duizend zilverstukken, die de geleerde op tafel legde.

Zes maanden later kwam de oude man thuis. Zijn eerste gang was naar de woning van de koopman, waar hij zijn geld wilde halen.

'Beste vriend, wat wilt u me nu wijsmaken! Hebben ze u in een van die vreemde landen, die u bezocht hebt, dergelijke manieren bijgebracht?' riep de koopman verbaasd en verontwaardigd, zodra hij de geleerde zag binnenkomen en hem om zijn geld hoorde vragen. 'Als ik ooit ook maar een cent van u heb ontvangen, moge de bliksem mij en mijn huis treffen. Niets hebt u me in bewaring gegeven, dwaze oude ellendeling! U bent zo oud dat uw geheugen, overbelast door zoveel studie, u blijkbaar in de steek heeft gelaten. Wie weet hebt u uw bezit aan iemand anders toevertrouwd – denk maar eens goed na, dan zal het u wel te binnen schieten.'

'Trouweloze verrader!' riep de geleerde man. 'Hoe durft u zich zo kwetsend uit te laten over mijn geheugen, waarin de kennis uit vele boeken opgeslagen ligt? Ik kan het me herinneren als de dag van gisteren, dat u daar met een tulband op mijn zilverstukken stond te tellen; dat zilver was de enige voorziening voor mijn oude dag!'

En zo bleven ze daar bij het huis van de koopman schreeuwend elkaar beschuldigen en steeds luider verhieven ze hun stemmen en de mensen bleven staan en namen het voor de koopman op.

'Hoor eens, oude heer, deze koopman is een achtenswaardig man en hij heeft niemand van ons in al die jaren ook maar eenmaal bedrogen. Wij zijn bereid voor de rechter te getuigen van zijn goede naam en dan zult u gestraft worden op grond van deze valse beschuldiging, waardoor u zich hebt willen verrijken.'

Toen het die kant uitging, bezocht de geleerde zelf de rechter, maar ook van deze zijde kreeg hij te horen, dat de koopman boven alle verdenking verheven was. In zijn vertwijfeling legde de oude man zijn zaak aan de sjah voor.

Nadat hij het relaas had aangehoord, bleef de sjah een ogenblik nadenken.

Daarop zei hij, 'Ik zag de koopman er vanmorgen op uittrekken met een stoet van bedienden, die een grote tent droegen. Ze begaven zich naar het cypressebos buiten de stad om er beschutting te zoeken tegen de hitte van de zon, die de stenen doet branden bij aanraking. Ga daar morgen ook heen en zet u zwijgend naast de tent. Blijf er drie dagen zitten. De vierde dag zal ik langs die weg komen. Wacht tot ik u aanspreek en beantwoord mijn groet, maar zeg verder niets. Zodra ik ben doorgereden, vraagt u de koopman nog eens om uw geld, dan vervoegt u zich bij mij en vertelt me, hoe de zaak afgelopen is.'

De geleerde deed wat hem opgedragen was. Hij bleef zonder een woord te zeggen of een beweging te maken bij de tent van de koopman zitten, die hem door een kier in het tentdoek argwanend gadesloeg.

Op de vierde dag werden de stadspoorten wijd geopend om de weg vrij te maken voor een lange schitterende stoet, die zich door de vlakte naar het cypressebos begaf. Uit de verte gezien straalde het gepolijst koper van de paardetuigen als de zon en de kostbare edelstenen van gordels en gespen, die door de hovelingen werden gedragen, verblindden de ogen met hun schittering. Bij het naderen van de stoet was de gestalte van de sjah zelf te onderscheiden, die op een zwarte Arabische hengst aan het hoofd van zijn hofhouding reed.

Bij de zitplaats van de geleerde gekomen hield de sjah zijn paard in, kruiste de armen over de borst, neeg diep en zei, 'Vrede zij u, broeder. Wat is de reden van uw aanwezigheid hier?'

'Vrede zij ook met u,' antwoordde de oude man zonder zijn plaats te verlaten.

'Waarom, mijn beminde broeder, komt ge me nooit meer opzoeken om een wijle van gedachten te wisselen?'

Op die vraag gaf de geleerde geen antwoord, maar hij wendde de blik heel even naar de tent, waar hij het gezicht van de koopman ontwaarde, bleek van schrik.

De stoet trok verder en het stof had zich nauwelijks gelegd, of de rijke welgedane koopman verliet voor het eerst sinds drie dagen zijn tent. Enige tijd bleef hij als doelloos rondlopen, toen begaf hij zich plotseling naar de geleerde alsof hij zijn aanwezigheid nu pas opmerkte.

'Vrede zij met u, mijn vriend. Luister eens, wanneer hebt u me dat geld gebracht, zei u? Ik moet op dat ogenblik van huis zijn geweest, misschien heeft mijn meesterknecht het van u aangenomen. Ik zou het werkelijk niet weten. Het kan ook zijn, dat ik bij nader inzien toch thuis ben geweest en dat het mijn geheugen is, dat me in de steek heeft gelaten. Wilt u zo goed zijn me nog eens te vertellen hoe het in zijn werk is gegaan?'

De geleerde wilde dat maar al te graag. Hij zette nog eens uitvoerig uiteen onder welke omstandigheden hij zijn duizend zilverstukken aan de koopman had toevertrouwd.

'Ja ja, u hebt gelijk, zo is het gegaan, nu herinner ik het me. O, waar heb ik mijn hersens gehad! Mijn geheugen lijkt wel een oude lekke zeef. Vergeef me, vriend, vergeef me.'

En na die woorden liet de koopman de geleerde zijn beste paard bestijgen en reed spoorslags met hem naar zijn stadswoning. Daar betaalde hij het geld dat hem was toevertrouwd, tot het laatste zilverstuk uit.

De sjah, voldaan over de zege van de geleerde, werd overigens niet lang met rust gelaten. De volgende ochtend werd hij in alle vroegte door zijn ceremoniemeester gewekt met de opgewonden gefluisterde mededeling, 'Het is schandelijk, majesteit! Er staat een man aan de paleispoort, die binnen wil komen. Hij schreeuwt dat er geen grein gerechtigheid in deze stad en in dit land meer bestaat en dat zelfs de rechters schurken zijn!'

De sjah sprong zijn bed uit, mopperde wat in zichzelf en gaf zijn dienaren opdracht zijn gewaad te brengen, waarin hij bezoekers te woord stond. Daarna riep hij: 'Laat de man aan de poort dadelijk voor mij verschijnen!'

Hij was voornemens de kwaadspreker zonder meer een flinke straf toe te dienen, maar toen de man voor hem verscheen, kwam de sjah onder de indruk van zijn zichtbare wanhoop en verzocht hem zijn verhaal te doen.

'Hoor dan, heerser van mijn dagen, het verhaal aan van een bedrog, dat ik zelf nauwelijks als waar kan beschouwen, ofschoon ik degene was die van tweeduizend zilverstukken werd beroofd. Het ging als volgt in zijn werk: ik bereidde me voor op een lange tocht naar de bergen in het noorden, waar ik mijn broer wilde bezoeken. Lange tijd had ik nagedacht over de vraag aan wie ik mijn tweeduizend zilverstukken in bewaring zou geven tijdens mijn afwezigheid, want ik wilde mijn bezit niet graag in een onbewoond huis achterlaten. Ten slotte kwam ik plotseling op het idee dat de rechter de aangewezen man was voor mij, want wie kon betrouwbaarder zijn dan hij, een man die door alle grote en kleine dieven werd gevreesd. Voor alle zekerheid verzegelde ik evenwel mijn leren buidel met het geld en drukte mijn monogram met een afbeelding van een ooievaar in de was. De rechter verklaarde zich met een welwillende lach tot deze dienst bereid en hij toonde zich niet minder welwillend, toen hij me de buidel na mijn terugkeer overhandigde.

'Ik was hem zeer dankbaar, begaf me haastig naar huis, verbrak het zegel en, o majesteit, wat een slag! Wat daar rinkelend op de tafel rolde, was een hoop waardeloze kopermunten. Buiten mezelf rende ik naar de rechter terug en vroeg hem, waar mijn zilverstukken waren gebleven.

'Verdwijn, leugenaar, of ik zal je door mijn cipiers in de cel laten smijten!' riep de rechter. 'Wat zijn dat voor verhalen over zilverstukken? Toen je je buidel kwam brengen, heb je mij er niet in laten kijken. Je hebt me alleen een verzegelde buidel overhandigd, die ik je met onbeschadigd zegel terug heb gegeven. Of daarin nu zilver, koper, goud of gewone stenen zaten, hoe moet ik dat weten?'

'Zijn dienaren joegen me met stokken weg. Ik weet niet meer of ik waak of droom, ik vraag me af of mijn zilverstukken door een boze djinn zijn weggetoverd. Maar ik blijf de argwaan koesteren dat ze door de rechter zelf weggetoverd zijn.'

De sjah boog het hoofd, verdiepte zich enige tijd in overpeinzing, keek op en zei, 'Haal me de buidel. Ik wil de waarheid zien te ontdekken.'

Toen de buidel hem werd overhandigd, bekeek de sjah hem van alle kanten lang en aandachtig. Daarna borg hij de buidel weg in een geheim vak van zijn schrijftafel.

Na het noenmaal, toen het paleis in slaap was verzonken, sloop de sjah zijn slaapkamer uit en liep op zijn tenen naar de troonzaal. Nadat hij zich had vergewist dat niemand hem gadesloeg, begaf hij zich snel naar de troon, trok een kleine scheur in het tapijtje met het goudborduursel waarop hij dagelijks zat en begaf zich snel terug naar zijn bed.

Even later kwam de bejaarde kamerheer die deze dag dienst deed, de troonzaal binnen. Zodra hij de scheur in het tapijtje zag, begon hij te trillen over al zijn leden, maakte rechtsomkeert en zocht zijn beste vriend op. 'Wat moet ik beginnen?' fluisterde hij gejaagd. 'De sjah zal me het hoofd laten afhakken, als hij die scheur ontdekt!'

'Heb je er al met iemand over gesproken?' vroeg zijn vriend. 'Heeft iemand de scheur in het tapijtje al gezien?'

'Nee, niemand weet er iets van.'

'Maak je dan niet bezorgd, vriend. Ik ken in de stad een kleermaker, die scheuren in kleding, in tapijten en zelfs in leerwerk zo goed kan herstellen, dat er vrijwel niets meer van te zien is.'

En de kamerheer haalde het tapijtje, rolde het op en repte zich naar de kleermaker.

'Ik zal u betalen wat u vraagt,' zei hij tegen de man, 'als u het tapijtje hebt hersteld voor de ochtend aanbreekt, zodat niemand zal merken dat het een scheur had opgelopen.'

De kleermaker vroeg een goudstuk en de kamerheer beloofde hem twee. De kleermaker hield woord en herstelde het tapijtje voor de ochtend aanbrak. Het werd op zijn plaats gelegd op de troon en niemand in het paleis had er iets van gemerkt.

Toen de sjah evenwel die ochtend de troonzaal betrad, was zijn eerste vraag wie het tapijtje had hersteld.

De kamerheer verbleekte van angst, maar de sjah zei tegen hem, 'Vrees niet, brave man, ben je niet grijs geworden in mijn dienst? Ik zelf heb een scheur in dat tapijtje gemaakt en nu zou ik graag de man willen ontmoeten, die het zo buitengewoon bekwaam hersteld heeft.'

De kamerheer liet de kleermaker halen en de man verscheen voor de sjah.

'U kunt herstellen als een tovenaar,' zei de sjah. 'Het doet me genoegen dat kunstenaars van uw bekaamheid zich in onze stad hebben gevestigd. Er is me verteld dat u ook gescheurd leer kunt herstellen op een manier, die de scheur voor het blote oog onzichtbaar maakt. Vertel me eens, hebt u toevallig wel eens een geldbuidel hersteld?'

'Ja zeker, eenmaal, zo'n drie maanden geleden,' zei de kleermaker.

'Zou u die buidel herkennen?'

'Schutspatroon van de eerlijke ambachtslieden, waarom zou ik dat niet kunnen? Het was een verzegelde buidel vol geldstukken. Een dergelijke opdracht vergeet je zo gauw niet.'

De sjah ging naar zijn schrijftafel haalde de buidel te voorschijn die hij erin opgeborgen had en zette hem voor de kleermaker neer.

'Ja, die is het. De rechter heeft hem persoonlijk bij me gebracht met het verzoek hem te herstellen.'

'De rechter, zegt u,' merkte de sjah gedempt op.

Nadat hij de kleermaker vorstelijk had beloond, liet hij de man buiten de paleispoort brengen.

Hij wilde de zaak snel afhandelen en liet de rechter halen. Terwijl de rechter de troon naderde, boog hij onophoudelijk als een kip, die graantjes pikt. Onverwacht hoorde hij de sjah zeggen, 'Overtuigd van uw fatsoen heb ik u met het hoogste ambt in deze stad bekleed. Maar u bent een dief. U hebt een van mijn onderdanen van tweeduizend zilverstukken beroofd, die hij u in goed vertrouwen in bewaring had gegeven.'

'Milde vader van uw trouwe onderdanen, wie kan mij zo schandelijk hebben belasterd? Zeker, er is eens een man bij me gekomen met het verzinsel, dat ik het zilver in zijn verzegelde buidel zou hebben omgeruild voor koperen munten. Maar hoe had ik dat kunnen doen zonder het zegel te verbreken? De schurk wilde zich op mijn kosten verrijken. Hij verwachtte me te zullen zien zwichten voor een poging tot afpersing. Dat heb ik natuurlijk niet gedaan. Hij is de enige, die *mij* een dief heeft kunnen noemen.'

'Hij is niet de enige, ik ben de tweede,' zei de sjah en hij zette de buidel met het zegel voor de rechter neer. 'Toen die man je in vertrouwen zijn geldbuidel in bewaring gaf, heb jij de buidel opengesneden en de zilveren munten eruit laten rollen. Door hetzelfde gat heb je er koperen munten ingestopt. En daarna ben je met de buidel naar de kleermaker gegaan. Bedriegen is een kunst, die je geleerd hebt van je goede vriend de koopman, die ten overstaan van jou door een geleerde man in staat van beschuldiging werd gesteld. Maar die koopman heb ik veroordeeld, zoals ik jou ga veroordelen.'

De rechter was niet tot antwoorden in staat. Hij werd naar huis gezonden om de tweeduizend zilverstukken te halen en terug te geven aan de man, die hij bedrogen had. En daarna liet de sjah hem in de gevangenis opsluiten.

Uitgeput na alle inspanning zocht de sjah verpozing in de tuin. Maar waar het pad een bocht maakte, stond hij onverwacht tegenover een jonge man, die als het ware uit de lucht was komen vallen.

'Wie bent u en hoe komt u hier?' vroeg de sjah verbaasd.

De jonge man antwoordde, 'Wijze sjah, met mijn voorhoofd veeg ik het stof weg van voor uw voeten en ik smeek u om vergiffenis. Ik ben over de muur gekomen die deze vorstelijke tuin omsluit en heb uw komst afgewacht. Ik had de moed niet de wachten aan de poort te vragen me binnen te laten en een audiëntie aan te vragen, zoals men dat pleegt te doen, want de gunst die ik u kom vragen, zou me in hun ogen tot een bedrieger hebben gestempeld.'

'Zeg het maar. Welke gunst wilt u vragen?' zei de sjah, die nieuwsgierig werd.

'Enkele dagen geleden, majesteit, nog voor het in de stad bekend raakte hoe u de koopman en de rechter in de val had laten lopen, kwam ik thuis van een lange reis. Dezelfde avond nog steeg ik te paard om de eigenaar van de perzikboomgaard buiten de stad te bezoeken. Ik verzocht hem mij de honderd goudstukken terug te geven, die ik hem voor mijn vertrek had toevertrouwd.

' "Heel verstandig dat u reist en iets van de wereld gaat zien, nu u nog jong bent," antwoordde de schurk, "maar zelfs bereisde ouderen hebben niet het recht fatsoenlijke mensen voor de gek te houden. U hebt me geen goudstukken in bewaring gegeven voor u op reis ging en ook niet op enig ander tijdstip. En wilt u nu maar gaan, want mijn werk wacht."

'Daarop liet hij zijn honden op me los en ze blaften zo vervaarlijk, dat mijn paard begon te steigeren. Ik had moeite in het zadel te blijven zitten en was blij heelhuids thuis te komen.

'Zoals u ziet was het dezelfde kwestie als die tussen de geleerde en de koopman. Toen me ter ore kwam dat uw wijsheid de ware toedracht had onthuld, ben ik naar het paleis gekomen. Maar halverwege al vroeg ik me af, wat me te doen zou staan, als de sjah me niet wilde geloven. Mijn verhaal klinkt wel enisgzins alsof het verzonnen is, doordat het zoveel op dat van de geleerde lijkt. En zo sta ik hier dan voor u, wijze sjah, in het volste vertrouwen in uw rechtvaardigheid.'

'Je moed spreekt me aan, jongeman, die bleek nog aanwezig toen alles verloren scheen,' zei de sjah. 'Ik zal de eigenaar van de boomgaard naar het paleis laten komen.'

De twee mannen gingen het paleis binnen en het duurde niet lang of de eigenaar van de boomgaard stond voor de troon.

'Heeft deze jongeman u een hoeveelheid goud in bewaring gegeven?' vroeg de sjah.

'Al zou ik door de vloer zakken, majesteit, hij heeft me nog geen koperen munt in bewaring gegeven.'

De sjah wendde zich tot de jongeman en vroeg, 'Kunt u iemand noemen die erbij was, toen u volgens uw zeggen uw goudstukken aan deze man toevertrouwde?'

'Ik heb geen enkele getuige, majesteit, die voor mij zou kunnen getuigen. Er was geen sterveling aanwezig,' was het antwoord.

'Waar hebt u het geld overhandigd? Waar zat u op dat ogenblik?'

'Ver van de boomgaard onder een alleenstaande populier, rechtvaardige en wijze heerser,' antwoordde de jongeman.

'Waarom beweert u dan geen getuige te hebben? Is een boom niet voldoende? Vooruit, ren naar die boom, druk uw lippen tegen de schors en fluister, "De sjah laat je roepen!" '

De eigenaar van de boomgaard kon een glimlach niet bedwingen, toen hij dit hoorde. De jongeman zei, 'Majesteit, ge kunt elk levend mens voor u laten verschijnen. Ik vrees evenwel dat een boom niet in staat is u te gehoorzamen.'

'Neem mijn zegelring mee,' zei de sjah. 'Laat de boom de ring zien en zeg tegen hem: "Ik kom met het zegel van de sjah zelf." Mogelijk zal de boom dan bereid blijken te helpen. Probeer het.'

En de jongeman ging er met de zegelring op uit, zoals hem opgedragen was. Nauwelijks had hij de deur achter zich gesloten, of de sjah klapte in de handen om danseressen te laten komen. Hij bood de boomgaardbezitter de plaats naast zich aan. De danseressen wervelden rond in sierlijke bewegingen en de twee mannen genoten van het schouwspel en vergaten wat er tevoren was gebeurd.

De tijd verstreek aangenaam, maar na verloop van een uur ongeveer boog de sjah zich naar de eigenaar van de boomgaard toe en fluisterde hem in het oor, 'Wat denkt u, is de jongeman inmiddels al bij die boom?'

'O nee, nog niet,' antwoordde de boomgaardbezitter.

De jongeman was in feite op dat ogenblik nog maar halverwege de alleenstaande populier, die zijn takken over hem had uitgespreid, terwijl hij zijn goudstukken afdroeg. Maar een uur later bereikte hij de boom inderdaad en hij toonde de zegelring van de sjah, zette zijn lippen tegen de schors en fluisterde wat hem was opgedragen. De boom gaf evenwel taal noch teken.

Hoewel hij niet anders had verwacht, voelde de jongeman zich toch teleurgesteld, toen hij de terugtocht naar het paleis aanvaardde. Hij gaf de sjah zijn ring terug en terwijl hij vertelde wat er gebeurd of liever niet gebeurd was, klonk zijn stem ontgoocheld.

De sjah toonde hem evenwel een lachend gelaat.

'Maar de boom was hier, jongeman! Hij heeft getuigd en is vertrokken. Hij leek haast te hebben en zal een kortere weg hebben gekozen. Daarom hebben jullie elkaar gemist, denk ik.'

'Welke boom? Wat heeft hij getuigd?' riep de boomgaardbezitter met opengevallen mond. 'Wat beweert u toch? Hebben we niet naar de muziek geluisterd, hebben we niet naar de dansende meisjes gekeken? Geen boom is hier binnengekomen.'

'Gelijk hebt u,' zei de sjah. 'Er is hier geen boom binnengekomen. Maar toen ik u vroeg of de jongeman al bij de boom was, hebt u geantwoord, "Nee, nog niet." De populier heeft u met uw eigen lippen schuldig verklaard. Als u onder zijn takken geen geld in ontvangst had genomen, zoals u nu beweert, had u toch niet dat antwoord kunnen geven? In dat geval zoud u geantwoord hebben, "Over welke boom hebt u het? Ik weet van geen boom af.".'

De eigenaar van de boomgaard boog beschaamd het hoofd. Hij werd dezelfde avond nog naar zijn woning geleid en moest de honderd goudstukken terugbetalen, die hij gehoopt had zelf te kunnen houden.

De sjah en zijn beste vriend, de hofnar, troffen vervolgens schikkingen voor een souper in intieme kring. De drie mannen die dank zij het brein van de sjah hun vermogen hadden teruggekregen, werden als eregasten uitgenodigd. Op die manier wilde de sjah hun de onaangenaamheden doen vergeten.

Valt het te verbazen dan de naam van deze sjah nog steeds geprezen wordt door allen, die het recht beminnen?

HET VERHAAL VAN DE DWAZE VROUW

De ouders van Gobad dwongen hun zoon in het huwelijk te treden met een erg dwaas meisje, omdat ze een bepaalde belofte moesten inlossen. Ze hadden geen keus, want beide families waren met elkaar bevriend geweest sedert de tijd waarin Mohammed in de woestijn mediteerde en de jongen en het meisje waren van de dag van hun geboorte af voor elkaar bestemd geweest.

De jonge bruidegom bracht zijn bezittingen over naar het huis van de bruid, zonder zelfs maar te vermoeden wat hem daar wachtte. Terwijl hij zijn pakken en zakken uitpakte en de koekjes opknabbelde, die zijn moeder hem voor onderweg meegegeven had, gaf zijn nieuwe schoonmoeder in de keuken haar dochter een por in de ribben en zei, 'Ga het erf aanvegen, Gobad moet het hier naar zijn zin hebben.'

De jonge bruid deed wat haar opgedragen was, maar in plaats van een bezem gebruikte ze een hark en het stof bleef dus liggen waar het lag, ofschoon zij een rood hoofd kreeg van de inspanning en de zweetdruppels op het voorhoofd had staan.

Schreiend ging ze ten slotte op de drempel zitten. 'Wat is er toch met mij?' riep ze. 'Heb ik een goede hark en ik kan er niets eens het erf mee schoonkrijgen!' Op dat ogenblik begon de geit die langs de muur graasde, te mekkeren.

'Aardig,' zei het meisje in zichzelf, 'die ouwe bemoeial heeft het allemaal aangezien en lacht me uit. En als ze haar mond nu nog hield, maar nee, ze zal het beslist aan mijn man vertellen. Er zit niets anders op – ik moet haar overhalen mijn geheim te bewaren, anders vertelt ze de hele zaak.'

En het meisje ging naar de geit toe, krabde het beest zachtjes tussen de horens en zei met haar liefste stemmetje, 'Lach me niet meer uit, lieve ouwe geit. En zeg vooral niets tegen de nieuwe baas! Als je dit geheim houdt, geef ik je mijn oorringen en armbanden. Kijk eens, zijn ze niet prachtig?'

De geit antwoordde met luid gemekker.

'Je bedoelt, dat je het niet zult vertellen? Echt niet? O, ik *wist* wel dat je een lief dier bent!' riep het bruidje opgelucht en ze trok de gouden oorringen van haar oren en de armbanden met juwelen schoof ze van haar polsen en ze deed ze om oren en poten van de geit. Op dat ogenblik kwam haar moeder het erf oplopen. Zodra ze de geit zo fraai zag uitgedost, ontsnapte haar een kreet.

'Wie heeft dat gedaan en waarom?'

'O, moeder,' antwoordde het meisje moedeloos, 'er is me iets gruwelijks overkomen.' En ze begon te vertellen hoe ze ijverig had geprobeerd het erf schoon te maken zonder dat het haar gelukt was, en dat de geit haar schande had aangezien. 'Ik weet niet of mijn sieraden voldoende zullen zijn,' voegde ze aan haar verhaal toe. 'Vraagt u het haar ook nog eens, moeder. Vraag haar mijn geheim niet aan mijn man te vertellen.'

'Kijk eens,' zei de moeder en ze ging naar de geit toe en klopte het beest op de rug. 'Kijk eens, mijn dochter trilt van angst. Je zult haar toch niet verraden, wel?'

'Bèè-bèè!' mekkerde de geit.

'Ik *wist* wel, dat je het niet zou doen en om je te bewijzen hoe dankbaar ik ben, mag je mijn mooiste bloemetjesjurk dragen en mijn nieuwe zijden sluier om je horens,' zei de moeder gerustgesteld. En even later liep de geit over het erf uitgedost als een boerendeern op weg naar de kermis.

Maar wie kwam er op dat ogenblik de schuur uit? De zwager van Gobad. Zijn mond viel open, toen hij de opgetuigde geit in het oog kreeg en aanvankelijk kon hij geen woord uitbrengen. Daarna schoot hij op de twee vrouwen af en schreeuwde, 'Wat is dat voor waanzin midden op de dag?'

'Bedaar wat, zoon,' zei zijn moeder, 'en schreeuw niet zo. We liggen wat overhoop met de geit en we moeten haar tot elke prijs tevredenstellen.'

Ze vertelde haar zoon wat zijn arme zuster overkomen was, terwijl ze het erf aanveegde, dat de geit had gedreigd alles te zullen vertellen en dat ze haar met geschenken probeerden om te kopen, want hoe groot was het gevaar niet dat de bruid en de hele familie bedreigde, als de geit in Gobads bijzijn niet haar mond zou houden! 'Een braaf dier ben je, baardige geit,' zei de zwager en hij krabbelde het beest onder de kin. 'Je bent een braaf dier en als je eerlijk je mond houdt, zal ik pantoffels van zacht leer aan je hoeven steken. Splinternieuw zijn ze, ik heb ze gisteren zelf bij de schoenmaker gekocht. Ik zal ze voor je halen.'

Hij keerde zich om, repte zich weg om de pantoffels te halen en was er in een oogwenk mee terug. Hij had ze evenwel nog maar nauwelijks aan de geitepoten gestoken, of het arme beest kreeg genoeg van de vertoning. Het maakte een luchtsprong, stiet de zwager als een kegel omver en begon luid mekkerend als een dolle hond over het erf te springen.

De oude vrouw, de bruid en de zwager zetten het beest na en de jacht werd begeleid door het oorverdovend blaffen van de hond die aan de ketting lag, het kakelen van de verschrikte kippen, die met klapperende vleugels heen en weer vlogen, het blaten van de schapen in het schapehok en het luide loeien van de koeien op stal. Boven het rumoer uit klonk de stem van de zwager die schreeuwde, 'Niet kwaad worden lieve geit, je moet niet kwaad worden. Hoor eens, ik zal je een geborduurde fez geven, die past bij de pantoffels.'

Zijn laatste woorden drongen door tot Gobad, die door het rumoer was afgeleid van zijn bagage en zijn koekjes en op de drempel was komen staan. Hij bedacht zich niet lang, maar kwam zijn nieuwe familie te hulp.

'Wat heeft dat alles te beduiden?' vroeg hij.

'Niets, beste jongen, wat zou het te beduiden hebben?' riep zijn schoonmoeder en wilde de geit bij de staart grijpen, maar dat gelukte haar niet.

'Waarom is die geit zo toegetakeld met al die kostbaarheden? Is dat soms ter ere van mij?'

'Nou, om je de waarheid te zeggen, nee,' antwoordde zijn schoonmoeder. 'Ik wil je wel vertellen wat er gebeurd is, maar praat er met niemand over; het moet een geheim blijven tussen ons. Weet je, mijn dochter, je lieve vrouw, was bezig met een hark het erf aan te vegen...'

En ze vertelde de bruidegom wat er zich precies had afgespeeld met dat aanvegen van het erf en met de geit en dat ze het dier hadden willen omkopen. En nadat ze dit alles had verteld aan de enige, die onkundig had moeten blijven van de dwaasheid van de bruid, nam Gobad zijn nieuwe familieleden aandachtig op. Hij keek van de geit met de zijden sluier en de zachte leren pantoffels naar zijn vrouw, naar haar broer en zijn schoonmoeder die nog altijd de geit nazette, hij zag hun bezwete gezichten vol met stof, hij hoorde aan alle kanten het vee blaten en loeien. En toen zei hij peinzend, 'Nee, hier kan ik niet leven. Morgen ga ik weg. Uit dit huis en uit deze stad. Zou ik ergens toevallig mensen ontmoeten die nog stommer zijn dan jullie, dan kom ik terug. Gebeurt dat niet, dan hebben we elkaar voor het laatst gezien.'

En zo gebeurde het. De volgende dag begaf hij zich op weg naar de bergen en zodra hij de kam had bereikt, zag hij beneden zich in de verte een stad liggen, bekroond door de ranke silhouet van een minaret.

Vermoeid en uitgeput bereikte hij de poort, toen de zon al daalde; hij ging op zoek naar een slaapplaats. Onverwacht werd de doortocht hem belemmerd door een groot aantal mensen, die voor een huis waren samengedromd. Hij vroeg wat er gebeurd was, maar werd niet wijzer. Iedereen praatte tegelijk en de een schreeuwde nog luider dan de ander, zodat hij geen woord verstond.

Hij zag wel iets – een bruid was naar het huis van de bruidegom gebracht, maar ze was zo lang als een bonestaak en de deur was te laag en ze zag geen kans binnen te komen. De familie van de bruid riep dat er maar een stuk uit de muur moest worden gebroken, maar de familie van de bruidegom en zijn gasten riepen: 'Nee, niet de muur vernielen. Sla de bruid het hoofd maar af, dan is ze een hoofd kleiner.'

En zo stonden ze tegenover elkaar als twee stammen op voet van oorlog en ze beledigden elkaar en elkaars voorouders tot in de hoogste graad en Gobad stond erbij te grinniken. Opeens kwam hij naar voren en zei, 'Als u me honderd zilverstukken betaalt, zal ik de bruid naar binnen brengen zonder dat de muur wordt beschadigd en zonder dat de bruid een haar wordt gekrenkt.'

Zijn aanbod werd aanvaard en Gobad ging naar de bruid, zette zijn hand tegen haar achterhoofd en drukte het hoofd omlaag. Even later was ze de deur binnen en Gobad ontving zijn honderd zilverstukken en werd door allen toegejuicht.

'Die mensen zijn werkelijk nog stommer dan mijn schoonfamilie,' dacht hij later, voor hij in slaap viel – met de geldbuidel als kussen onder zijn hoofd.

De volgende dag trok hij verder en terwijl de zon daalde, bereikte hij een volgende stad, die heel veel leek op de vorige. Buiten de stadspoorten stuitte hij op een drom mensen, die zich verzameld hadden om een pas gegraven put en met bezorgde blik naar de aardkluiten rondom de opening keken.

'Wat is er aan de hand en waarom kijkt iedereen zo bezorgd?' vroeg Gobad.

'Bent u soms blind? Ziet u dat dan niet? De grond heeft zweren gekregen. De grond moet koorts hebben of misschien de pest wel. We weten niet wat we ertegen moeten doen!'

'Haal een dokter en laat hij de zweren behandelen,' zei Gobad.

'We hebben hier geen dokter, vreemdeling.'

'Als jullie me goed betalen, zal ik de zweren wel verwijderen,' bood Gobad aan.

Ze betaalden Gobad dadelijk honderd zilverstukken uit. En Gobad greep een spade, die in de nabijheid lag en verspreidde de aardkluiten naar alle kanten, tot er niets meer was te zien dan een vlakke bodem. Allen stonden met open mond toe te kijken, want zoiets hadden ze nog nooit gezien. Ze smeekten Gobad bij hen te blijven en in de stad zijn ambacht uit te oefenen en beloofden voor zijn diensten te zullen betalen wat hij verlangde. Gobad voelde daarvoor evenwel niets. Hij ging

er als een dolleman vandoor, hij rende over heuvels en door dalen, tot hij geen adem meer over had, maar toen was de stad ook uit het gezicht verdwenen. Hij had het ook geen moment langer kunnen uithouden bij die lieden met zaagsel in hun hoofd, die nog heel wat stommer waren dan zijn vrouw en haar familie.

Zeven dagen en zeven nachten dwaalde Gobad verder en hij keek niet links of rechts, maar eindelijk was hij uitgeput en ging aan de oever van een rivier zitten om zijn vermoeide voeten rust te gunnen.

'Zou ik eindelijk zo ver gereisd zijn, dat ik het land achter me heb gelaten, waar louter gekken wonen?' dacht hij. 'Zouden er misschien binnen die muren aan de overkant van de rivier mensen wonen, die nog iets meer kunnen dan bonen koken?'

Hij boog zich over het water om het stof van de reis van zijn gezicht te wassen. En terwijl hij dat deed, zag hij in het water een vrolijk gekleurde weerspiegeling. Hij keek op en naast hem bleek een kleurig gekleed dienstmeisje te staan met een kruik in de hand. Naar haar uiterlijk te oordelen moest ze uit een welgesteld huis komen.

'Waar komt u vandaan?' vroeg het meisje.

'Ik kom regelrecht uit de hel,' antwoordde Gobad.

'En wat deed u daar?'

'Ik was er portier.'

'Hebt u toevallig mijn meester daar ontmoet?'

'Nou, reken maar.'

'En hoe gaat het met hem?'

'Slecht!'

'O, hoe dat zo?'

'Hij heeft bij het dobbelen verloren en is honderd goudstukken schuldig. Elke dag wordt hij tot straf met een dikke knuppel afgeranseld.'

'O lieve help! Wacht hier, vreemdeling, ik kom dadelijk terug. Ik moet dit aan mijn meesteres vertellen. Ze zal u denk ik willen spreken.'

Het meisje hield woord en kwam snel terug. Ze nam hem mee naar een van de voornaamste huizen aan een plein. De vrouwe die hem ontving was gekleed in een japon van kostbare zijde en ze droeg een diadeem met diamanten, zodat Gobad aan haar welstand niet twijfelde.

Met tranen in de ogen keek ze Gobad aan en zei, 'Moge Allah mijn eerste man barmhartig zijn. Hij was een bekwaam koopman en heeft me als rijke weduwe achtergelaten. Ik zal u de honderd goudstukken geven die hij schuldig is, vriend. Breng ze hem zo snel als u kunt, opdat hij niet langer afgeranseld wordt.'

'Ik zal met graagte aan uw verzoek voldoen, mevrouw,' antwoordde Gobad, en hij liet het ene goudstuk na het andere in de buidel aan zijn gordel vallen, 'maar ik moet te voet gaan en ik kan waarlijk niet zeggen wanneer ik zal aankomen en of het dan niet te laat zal zijn. Mijn voeten schrijnen na mijn lange reizen en dikwijls moet ik gaan rusten...'

'Daar valt wel iets aan te doen,' zei de rijke weduwe, die genoeg had gehoord.

'Als u te voet niet snel kunt reizen, zal ik u een paard meegeven. U hoeft alleen maar op zijn rug te gaan zitten en dan vliegt u – naar de hel!'

Na die woorden liet ze door het meisje de stalknecht halen en gaf de man opdracht het snelste paard uit de stal te zadelen voor de portier van de duivel.

Gobad had vanzelfsprekend geen aanmoediging nodig. Hij sprong te paard en galoppeerde in vliegende vaart door de nauwe straten naar de stadspoorten; even later had hij het open veld bereikt.

Niet veel later kwam de tweede man van de rijke weduwe thuis en toen hij erg kreeg in het betrokken gezicht van zijn vrouw stelde hij de vraag, 'Wat schort eraan, liefste?'

'Wat gaat jou dat aan?' zei ze boos. 'Al waaraan jij ooit denkt is de zaak, maar nooit zul je eens denken aan mijn eerste man, aan wie je je vermogen te danken hebt. Dank zij Allah denken anderen wel aan hem!' En ze vertelde hem dat de portier van de duivel op bezoek was geweest, dat hij haar verteld had hoe het met haar eerste man ging en dat hij zich ten slotte bereid had verklaard honderd goudstukken voor hem in ontvangst te nemen, waarna hij op het snelste paard uit de stal was weggereden.

Zodra de koopman dit aangehoord had, verstarde hij. Het duurde wel tien minuten eer hij kans zag op te merken, 'Jij stommeling! Zeg, dat is een eerste klas schurk geweest, die je mooi heeft bedrogen. Wie heeft nu ooit gehoord, dat er iemand uit de hel naar de aarde komt?'

'Net iets voor jou,' snauwde zijn echtgenote. 'Dat is het enige wat je kunt – je winkel nalopen en de vruchten plukken van wat mijn eerste man bereikt heeft! Maar om van jou ook maar een enkele gedachte aan de dode te verwachten – je kunt even goed in de winter vruchten van een boom willen plukken!'

Het drong tot de koopman door, dat redeneren geen zin zou hebben. Hij haalde dan ook zijn schouders op en repte zich naar de stal, waar hij het snelste beschikbare paard liet zadelen en er als de wind vandoor ging om de snode rover in te halen.

Gobad had inmiddels een molen bereikt, die buiten de stad aan een rivier stond. De waterdruppels die van het grote molenrad dropen, glinsterden als vonken in de zon en hadden zijn blik getrokken. Gobad keek naar het wiel en maakte vervolgens zijn paard vast aan een grote vijgeboom, die zijn takken boven het hek uitbreidde. Terwijl hij daarmee bezig was, zag hij in de verte een eenzame ruiter langs de rivier galopperen en deze ruiter naderde de molen snel. 'Dat moet de tweede man van de rijke weduwe zijn, die me nazet om de honderd goudstukken en het paard terug te halen!' dacht hij ogenblikkelijk en zonder dralen ging hij het hek en daarna de molen binnen.

'Hei daar! Heb jij de laatste tijd toevallig meel gemalen voor de keuken van de sjah?' schreeuwde hij de molenaar toe, die in een hoek zakken stond op te vouwen.

'Ja zeker,' antwoordde de molenaar.

'Nou, er zat zand in en de sjah heeft een tand gebroken op een van de dikste korrels. De bakker van de sjah is al onderweg naar je toe. Zie, daar komt hij aangalopperen. Hij zal je aan de hoogste boom ophangen, als hij je te pakken krijgt.'

Bij die woorden ging het haar van de molenaar van angst recht overeind staan. Hij viel op de knieën neer en smeekte Gobad hem te helpen.

'Doe je kleren uit en trek de mijne aan,' zei Gobad. 'En kruip dan ergens weg. Voor de rest zal ik zorgen, wees maar gerust.'

Ze hadden niet lang werk met verkleden en de molenaar was ook snel genoeg door het luik in de vloer verdwenen, overigens geen ogenblik te vroeg. Even later verscheen de woedende koopman in de deuropening.

'Heb je hier een man te paard voorbij zien komen?' vroeg hij aan Gobad, die dikker met meel was bestoven dan welke echte molenaar ook.

'Nee, beslist niet.'

'Waarom sta je te liegen?' schreeuwde de koopman, 'terwijl zijn paard vastgebonden staat aan de vijgeboom voor de molen?'

'Ik heb hem niet voorbij zien komen,' riep Gobad luid, maar zijn blik liet hij op hetzelfde ogenblik op het luik in de vloer vallen.

De koopman schoot op het luik af, rukte het open en verdween erdoor, waarbij zijn hakken driftig op de treden klosten.

Gobad wachtte niet af wat er ging gebeuren. Hij maakte snel het paard van de koopman los, dat bij het hek stond, sprong in het zadel en galoppeerde ijlings weg in de richting van zijn geboortestad.

Onderwijl was de koopman onder de molenvloer bezig de vermomde molenaar af te ranselen en hij sloeg hard toe in de mening, dat hij de bedrieger te pakken had.

'Houd op. Zo is het mooi! Au, dat doet pijn! Bij de herinnering aan mijn moeder, ik zeg dat het *jouw* schuld is, niet de mijne! *Jij* hebt het deeg voor het brood van de sjah gemengd en jij had eerst het meel moeten zeven.'

'Waar heb je het over?' vroeg de koopman stomverbaasd.

'Daarom ransel je me toch af, daarom trek je me toch aan het haar? Om een paar korrels zand? Er schuurt toch altijd wat van de molenstenen af, of vind je soms dat ik voor jouw plezier met ijzeren stenen moet werken?'

'Wat bazel je toch, man? Waar *heb* je het eigenlijk over, vraag ik je nog eens,' schreeuwde de koopman. 'Ik ransel je af en ik ruk je het haar uit, omdat je van die schunnige leugens hebt verteld. En kijk me nou maar niet zo onnozel aan. Nog geen uur geleden heb je mijn vrouw wijsgemaakt, dat je portier in de hel bent!'

'Portier in de hel!' riep de molenaar. 'Jij hebt mijn leven tot een hel gemaakt, vriend, en als ik het zeggen mag, ik geloof dat je gek bent geworden!'

En zo bleven ze in de kelder aan het vechten en schelden, tot ze beiden uitgeput waren, waarna ze door het luik naar boven klommen om de ruzie in de molen zelf voort te zetten. Ze bekeken de zaak van alle kanten, maar het kostte heel wat heen en weert praten eer de koopman eindelijk inzag, dat hij met de echte molenaar te maken had, die in andere kleren was gestoken. En de molenaar zag in dat de slagen die hij opgelopen had, voor een ander bestemd waren geweest. Hij verlangde daarop de dure kleren van de koopman als vergoeding en de koopman kon moeilijk anders doen dan zijn wens in te willigen.

Er zat voor de koopman niets anders op dan het door Gobad achtergelaten paard te bestijgen en met lege handen huiswaarts te rijden.

'Waar heb je gezeten?' vroeg de kijvende stem van zijn vrouw, zodra hij zich vertoonde.

'Ik ben je boodschapper uit de hel nagereden, liefste,' antwoordde de koopman. 'Ik dacht zo dat hij op mijn paard vlugger bij je overleden man terug zou zijn dan op dat paard, dat jij hem meegegeven hebt. Het mijne mag dan zo mooi niet zijn, het loopt beter, dat weet jij ook wel. En mijn tuig was ook beter, duur tuig met goud – ik heb er onlangs heel wat voor moeten neertellen.'

'O dank je lieve, lieve man! Je hebt een goed hart. Nu merk ik dat je zielsveel van me houdt en er voortdurend op uit bent mij een genoegen te doen. Kom hier, dan zal ik je kussen. Als jij ooit, wat Allah verhoede, maar als jij ooit zou sterven en in de hel belanden, dan zal ik je niet vergeten. Als die portier terug zou komen, zou ik hem ook goud voor jou meegeven en een paard om zou gauw mogelijk bij je te zijn.'

Wat had de koopman moeten doen? Hij bood zijn vrouw zijn wang en ze kuste hem, maar hij wist niet wat hem het meest berouwde – het verdwenen goud, zijn paard, zijn fraaie paardetuig, zijn kostbaar pak dat hij de molenaar als vergoeding had moeten geven, of het feit dat hij met de domste vrouw ter wereld was getrouwd.

Onderwijl was Gobad in molenaarskleren maar met de buidel vol goud op weg naar huis en hij reed zo snel dat de hoeven van zijn paard vonken deden opspatten. Nadat hij zijn bestemming had bereikt, zette hij het paard op stal, borg het geld weg in de kist die op slot kon en ging op zoek naar zijn vrouw, zijn zwager en zijn schoonmoeder. Hij zei, 'Ik ben terug en blijf bij jullie wonen. Het is overal hetzelfde in de wereld. En om mijn thuiskomst te vieren, ga ik mijn vrienden uitnodigen voor een feestmaal morgenavond.'

De volgende dag begaf hij zich naar de markt en kwam terug met een lamsbout, olie, rijst, bonen, erwten, uien en de benodigde kruiden en specerijen. Hij zei tegen zijn vrouw, 'We willen onze gasten vanavond waardig ontvangen. Hier zijn de spullen en laat nu maar eens zien hoe goed je kunt koken!' Hij liet haar met het voedsel alleen en ging in de stad zaken afdoen.

Enige tijd liep de arme vrouw als een kip zonder kop over het erf heen en weer en ten slotte ging ze op de rand van de put zitten snikken. 'O Allah, hoe moet ik met mijn twee handen die maaltijd klaarkrijgen. Was er maar iemand die me wilde helpen!'

Op hetzelfde ogenblik hoorde ze onderin de put een kikker kwaken.

'O neef Kikker, zou jij me willen helpen?'

'Kwaak, kwaak, 'zei de kikker.

'Betekent dat ja? Wil je me werkelijk helpen? Goed, dan breng ik je de rijst en de olie en het vlees. Dan kun je het gezellig alleen klaarmaken. Vanavond kom ik het maal bij je halen.'

De kikker kwaakte voor de derde keer en de vrouw van Gobad draafde al naar de keuken en haalde het eten. Ze kwam terug en smeet alles in de put. Daarna stak ze zich in haar mooiste japon, nam plaats op een kussen en vouwde de handen in de schoot, in afwachting van wat de avond brengen zou. Gobad kwam tegen zonsondergang thuis en vroeg, na zijn vrouw te hebben begroet, hoe het met de voorbereidingen voor het feestmaal stond.

'Lieve man, bemoei je nu niet met vrouwezaken,' antwoordde ze uit de hoogte. 'Vraag me dat als het zover is.'

Niet lang daarna kwamen de gasten en Gobad verzocht zijn vrouw het feestmaal op te dienen.

Maar ze antwoordde, 'Dek de tafel, zet schalen en borden klaar en doe rozen in de vazen. Voor het overige zorg ik.'

En Gobad dekte de tafel, zette borden neer voor de gasten, maar daarna vroeg hij zijn vrouw fluisterend, 'Waar wachten we op? Waar is het feestmaal?'

De jonge vrouw draafde naar de put, boog zich over de rand en riep,

'Vlug, neef Kikker, waar blijft het feestmaal?'

Het bleef evenwel doodstil in de put – en van een kikker was niets meer te bekennen.

'Waar ga je de maaltijd halen, liefste?' riep Gobad uit de open deur.

'Van neef Kikker, lieve man,' antwoordde ze.

'Neef Kikker?' schreeuwde Gobad en hief de armen ten hemel.

'Wacht maar even,' zei de vrouw. 'Ik zal in de put afdalen en dan staat het eten zo op tafel.'

Als een zandzak viel ze naar beneden en het water kwam haar nauwelijks tot aan de knieën. Op de bodem van de put zag ze de rijst, de kan met olie en de lamsbout liggen zoals ze van de markt waren gekomen. Terwijl ze haar hand in het water stak, raakte ze tussen de kiezelstenen een hard langwerpig voorwerp aan; het bleek een vreemde steen te zijn, ze klom uit de put en vloog naar huis om hem aan haar man te laten zien.

'Neef Kikker heeft me een lelijke streek geleverd, maar ik heb het niet op me laten zitten. Ik heb hem deze steen afgenomen.'

Gobad keek beter toe en kon zijn ogen nauwelijks geloven: het was een klomp goud! Zijn woede werd weggevaagd door een lach, het was alsof de zon door de wolken brak. 'Bewaak die gouden steen als je oogappel, lieve vrouw! Als de vakantie komt, zal hij de kosten helpen bestrijden. En maak je nu maar niet druk meer om het maal, ik ga even naar de markt en haal wat te eten.'

Gebraden lamsbout, gebakken vleespasteitjes en gebraden gevulde duiven waren het, waarmee hij terugkwam en de hongerige gasten deden het feestmaal alle eer aan en ze bleven tot laat op de avond en namen vrolijk afscheid.

Gobad was ook de volgende dag in een opperbeste stemming en de dag daarop eveneens en zo bleef het. Alleen de gedachte aan de steen van goud was voldoende om zijn hart van blijdschap te doen kloppen en het werk ging hem dan ook tweemaal zo vlug van de hand.

En zijn vrouw was ook niet een van de luisten. Elk ogenblik draafde ze naar het hek om aan een voorbijganger te vragen, 'Bent u toevallig Vakantie?'

'Nee, dat is mijn naam niet, zo word ik niet genoemd,' was het gebruikelijk antwoord en dan schudde de vrouw het hoofd en keek de weg af, op zoek naar een volgende voorbijganger aan wie ze haar vraag kon stellen.

Zo verstreken de dagen en op zekere middag kwam er een venter met gebak de weg af, die luidkeels zijn waar aanprees. En dat niet ten onrechte, zijn gebak was zeer in trek, maar hij stond in de stad nog beter bekend als geslepen bedrieger. Zodra hij de vrouw van Gobad zag staan en haar hoorde vragen, 'Bent u toevallig Vakantie, beste man?' begreep hij, dat ze nu niet bepaald tot de snuggersten behoorde.

'Jawel, beste vrouw, dat ben ik, dat ben ik,' zei hij.

'Allah zij geprezen dat u er eindelijk bent! Wacht hier even, dan zal ik voor u halen wat ik al zo lang voor u bewaard heb. Het wachten begon mij te vervelen, wilt u dat wel geloven!' zei de vrouw van Gobad en snel ging ze haar huis binnen om de gouden steen te halen.

'Alsjeblieft, dat zijn we u schuldig,' zei ze en duwde de venter de goudklomp in de hand.

De man was totaal overrompeld en kon geen woord uitbrengen, maar hij zag wel kans zijn verbazing te verbergen en met effen gezicht antwoordde hij, 'In orde', alsof dit precies was wat hij verwacht had. En alsof het stuk goud hem nog niet genoeg was, haalde hij de vrouw over een stuk gemberkoek van hem te kopen, die al tamelijk oudbakken was.

De vrouw van Gobad had de huisdeur nauwelijks gesloten of ze begon met haar vinger in de koek te prikken en daarbij kwam ze op het idee bedienden te kneden. Ze ging aan de slag, kneedde het koekdeeg tussen haar vingers en vormde er een kamermeisje van en een dienaar, een kok en een portier en van de laatste kruimels maakte ze een boodschappenjongen.

De schemering was al ingevallen, toen Gobad vermoeid van de dagelijkse taak thuiskwam. Hij klopte ongeduldig op de deur, want ook de honger plaagde hem, maar er kwam niemand. Wel hoorde hij zijn vrouw zeggen, 'Wat voer je uit, jongen? Ga de deur voor je meester opendoen.'

Nu begon Gobad als een dolleman op de deur te slaan, maar nog gebeurde er niets. Ten slotte zette hij zijn schouder tegen de deur en drukte hem in. Zijn vrouw lag lui op de divan met gepoederd gezicht, rouge op de wangen en lange donkere wimpers. Buiten zichzelf van drift krijste Gobad, 'Waarom deed je de deur niet voor me open?'

'Maar lieve man, het betaamt de vrouw des huizes niet zelf de deur open te doen, als ze een portier heeft en nog andere bedienden, die op haar bevelen wachten.'

'O Allah, o Allah, het greintje verstand dat je hebt was al niet meer dan een zandkorrel, maar zelfs dat is door de zeef gevallen, merk ik. Bij de snorharen van mijn kater, wat voor wartaal sla je nu uit?' riep Gobad.

'Waarvoor heb je ogen als je ze niet gebruikt? Kijk om je heen! Daar staan ze te buigen en wachten op je bevelen, bedienden, kamermeisjes, een kok, een portier en een boodschappenjongen.'

Gobad keek om zich en zag nu dat de planken, de vloer en zelfs de tafel vol stonden met beeldjes gekneed van gemberkoekdeeg. Dit werd hem te bar, hij balde in wanhoop de handen tot vuisten en schreeuwde uit, 'Wat heb ik gedaan, dat dit me moest overkomen? Kan het lot een man harder treffen dan door hem een vrouw te geven, die van stomheid niet weet wat ze doet? Je maakt me belachelijk voor de hele stad. Zeg eens, hoe kom je aan die poppenkast?'

'Poppenkast? Mijn personeel? Je moest eens weten wat ik voor je gedaan heb! Ik heb de schuld aan meneer Vakantie terugbetaald, ik heb schoon schip gemaakt. Daarover hoef je niet meer wakker te liggen. En het enige dat je doet is mij uit te schelden,' zei de vrouw met betraande ogen.

'Welke schuld? Wie is meneer Vakantie?' vroeg Gobad gejaagd.

'Je zult onderweg je geheugen verloren hebben,' snauwde zijn vrouw, 'De gele steen uit de put natuurlijk! Die heb ik teruggegeven. Wat anders? Je hebt kortgeleden zelf nog gezegd dat die de kosten moest bestrijden als die Vakantie kwam.' Ze vertelde hem ook nog dat Vakantie langs de weg was gekomen met een blad vol gebak en zoetigheid, dat ze hem de steen had gegeven en twee pond gemberkoek van hem had gekocht en dat ze daarvan al haar personeel gekneed had.

Eindelijk zag Gobad in, dat het goud verloren was. Hij vroeg niets meer, greep zijn vrouw bij de hand en bracht haar naar de buitendeur. Met de wanhoop in zijn stem zei hij, 'In de naam van Allah, verdwijn uit mijn huis!'

En de vrouw, van huis verdreven, ging waar haar voeten haar brachten en ze liep door tot ze uitgeput was en moest gaan zitten in een veldje onkruid bij de ruïne van een voormalige herberg. Het was een verlaten en troosteloos oord en de angst greep haar bij de keel. Ze voelde zich danig opgelucht, toen er plotseling een

hond te voorschijn sprong en begon rond te snuffelen op zoek naar voer. Zodra hij erg kreeg in de vrouw, begon hij hard te blaffen en de vrouw die blij was haar mond weer te kunnen roeren, zei, 'O nee, oom Wafwaf, probeer maar niet me naar huis te krijgen. Die ellendeling van een Gobad ziet mij niet terug. Ik zet geen voet meer bij hem over de drempel.'

Nadat ze dat gezegd had, keerde de hond haar de rug toe en verdween tussen de struiken. Het duurde overigens niet lang of er sloop een kat door een gat in de muur, die de vrouw van Gobad even aankeek en luid miauwde.

'Zo, tante Miauw, hij heeft jou naar me toegestuurd? Nou, ga jij maar tegen mijn man zeggen, dat ik zijn huis nooit terug wil zien,' zei de vrouw van Gobad en de kat verdween door het gat in de muur en sloeg nog even met de staart heen en weer.

Nog een ogenblik later streek er een kraai neer op de stijl van het hek en begon te krassen.

'Nu heeft hij jou zeker gestuurd, neef Kaka?' riep de dwaze jonge vrouw. 'Nou, je hebt je vleugels voor niets moe gemaakt om me zijn boodschap over te brengen. Vlieg maar terug en zeg tegen mijn man, dat ik niet thuis wil komen.'

Met schor gekras spreidde de kraai de vleugels uit en was al gauw verdwenen.

Terwijl dit alles zich afspeelde, was er een kameel met een lading goud voor de schatkamer van de sjah losgebroken uit de vorstelijke karavaan, die de weg afkwam. De weggelopen kameel bleef staan bij de ruïne, waar de vrouw van Gobad uitrustte van de vermoeienissen.

'Dat is het toppunt!' riep ze bij het zien van het koninklijke dier, dat dadelijk begon te grazen. 'Die Gobad tooh! Drie boodschappers heeft hij al naar me toegestuurd en geen van drieën hebben ze iets bereikt. Maar jou kan ik niet wegsturen.'

En omdat ze dat niet kon, besteeg ze de kameel en reed naar huis. Gobad was stomverbaasd, toen hij haar het hek zag binnenrijden, vooral toen ze van haar verheven zitplaats begon te roepen:

'Had je althans niet een paar dagen kunnen wachten? Maar nee, ik ben de deur nog niet uit, of je stuurt de ene boodschapper na de andere om me terug te halen. Bij de baard van de Profeet – ik zweer dat ik alleen ter wille van deze edele kameel teruggekomen ben – anders had je me nooit meer gezien!'

Gobad stond op van de drempel waar hij in gelukzalige overpeinzing na zijn middagmaal was blijven zitten en kwam naar de kameel toe om de bollende zakken aan een nader onderzoek te onderwerpen. Een blik in een ervan was voldoende om hem duidelijk te maken, dat ze alle met goud waren gevuld!

'Heel verstandig van je terug te komen, liefste,' zei hij tegen zijn vrouw en hij hielp haar afstijgen en bracht haar de woning binnen, waar ze tegenover elkaar gingen zitten om het gebeurde te bespreken. Onderwijl vroeg Gobad zich af hoe hij zijn vrouw moest bewegen naar haar kamer te gaan, zodat hij het goud zou kunnen verstoppen en zich van de kameel ontdoen, zonder dat zij het merkte.

Al gauw kwam hij op een bruikbaar idee. 'Ga vandaag nu maar geen eten koken, liefste,' zei hij. 'Om je thuiskomst te vieren, ga jij lekker liggen rusten. Een innerlijke stem vertelt me juist, dat de hemel stromen soep en wolken bruingebakken vleespasteitjes zal laten regenen ter ere van onze gelukkige hereniging. Het zal gebeuren tegen het ondergaan van de zon en dan kom ik je halen en ga met je het erf op en dan heb je alleen je mond maar wijd open te doen.'

Zijn vrouw liet zich dit geen tweemaal aanbieden, ze ging dadelijk naar haar kamer en even later sliep ze vast.

Gobad begon onverwijld de zakken van de kameel af te laden. Hij verstopte ze en stak de kameel dood. Een deel van het vlees gebruikte hij om een grote pan soep te koken en wat er over was, hakte hij fijn en maakte er vleespasteitjes van, die hij mooi goudbruin bakte en over het erf verspreidde. Met de soeppan in de hand klom hij op het dak en goot de soep in de goot, zodat er soep uit de regenpijp kwam in plaats van water. Nu had hij niets meer te doen dan zijn vrouw uit haar zoete sluimer te wekken, wat hij met veel genoegen en de nodige drukte deed.

'Vlug wakker worden, jij! Er regent heerlijk eten uit de lucht naar beneden. Schiet nou op, anders gaat al dat lekkers je neus voorbij!' brulde hij zijn vrouw in het oor en hij schudde haar heen en weer tot haar tanden klapperden.

Ze krabbelde overeind en draafde het erf op en werkelijk, waar ze ook keek stroomde soep uit de regenpijpen en de grond lag bezaaid met goudbruine pasteitjes. Gobads vrouw stopte zich vol tot ze niet meer kon. Loom wankelde ze naar binnen en viel op haar bed neer. Even later lag ze luid snurkend te slapen.

Enkele dagen later verschenen de kameeldrijvers die de karavaan van de sjah begeleidden, in de straten van de stad en ze hadden de paleiswacht bij zich. Ze doorzochten systematisch alle huizen, ze wilden de weggelopen kameel terug hebben. Het huis van Gobad drongen ze met luid geschreeuw binnen, want een van de buren had hun juist verteld, dat hij een paar dagen geleden een kameel op het erf had gezien.

'En je hebt dus geen kameel gezien! Je weet van niets!' riepen ze woedend, nadat Gobad had ontkend zelfs maar een kameel te hebben gezien. Ze bleven weigeren hem te geloven, bonden zijn handen met een sterk touw aaneen en namen hem mee naar het paleis van de sjah. Gobad kon zijn vrouw nog juist toefluisteren, 'Pas op de deur van het huis alsof hij van goud is en denk steeds aan mij.'

De bewakers waren nog niet met hun gevangene verdwenen, of de vrouw van Gobad lichtte de deur uit de scharnieren, zette hem op haar hoofd en ging de stoet na.

'Waar gaat u met die deur naar toe?' riepen de mensen haar toe vanuit ramen en deuren en ze antwoordde, 'Ik doe wat mijn man gezegd heeft. Ik moest op de huisdeur passen alsof hij van goud was en ik moest steeds maar aan hem denken. In mijn familie worden bevel en gehoorzaamheid hoog aangeslagen en ik kan alleen aan mijn man denken, als ik hem voor me zie. Daarom loop ik zo hard achter mijn man aan, om steeds maar aan hem te kunnen denken, en de deur neem ik mee – hoe zou ik er anders op kunnen passen?'

Terwijl Gobad het paleis van de sjah werd binnengebracht en onder druk werd gezet om hem tot een bekentenis te dwingen, keek de vizier van de sjah toevallig uit het raam en daar zag hij op de binnenplaats een vrouw staan met een deur op het hoofd.

'Wie is dat?' vroeg de vizier.

'De vrouw van de gevangene,' zei een van de bewakers.

De vizier ging naar de sjah en zei, 'Laat de vrouw die daar beneden onder de ramen staat, boven komen voor een verhoor. Ze ziet er stom genoeg uit om eruit te flappen wat haar man tracht te verbergen.'

De sjah zag iets in het voorstel en liet de vrouw van Gobad, die de deur nog altijd op haar hoofd droeg, voor zich verschijnen.

'Vertel ons eens iets, brave vrouw,' zei hij minzaam. 'Vertel ons eens wat er de laatste dagen gebeurd is en u zult rijkelijk beloond worden. Hoe zat het met die kameel? Er kwam enkele dagen geleden een kameel bij u het erf op, meen ik?'

'Ja zeker, en dat was niet toevallig. Buiten de stad bij de ruïne bood hij me zijn bult aan om me naar mijn man terug te brengen. Ik ben eropgeklommen en u kunt me geloven of niet, majesteit, maar ik voelde me net een prinses. Een zijden teugel, een zadel met goud geborduurd – nou, ik kwam bij het huis van mijn man aan als de vrouw van een heer en hij heeft me als een heer van de kameelrug getild en op de grond gezet.'

'Geprezen zij Allah, dat is de kameel uit mijn karavaan!' riep de sjah. Hij keek Gobad aan en voegde eraan toe, 'Je eigen vrouw heeft je veroordeeld. Ga dadelijk die kameel halen of er wacht je een onbarmhartige straf.'

'Welke kameel dan, majesteit? Van de dag af waarop mijn huis werd voltooid en de muur om het erf werd gebouwd, heeft geen kameel daar een voet gezet. Gelooft u wat een vrouw beweert, die kennelijk niet goed bij haar verstand is?' riep Gobad met zoveel overredingskracht, dat de sjah hulpeloos zijn vizier aankeek.

'De vrouw lijkt haar verstand te hebben verloren,' gaf de vizier toe. 'Als ze ook maar enigszins normaal was, zou ze niet met een deur op haar hoofd rondlopen.'

'Dat is waar,' zei de sjah peinzend. 'Ik zal het onderzoek in de stad laten voortzetten. Deze man is kennelijk onschuldig.'

Met gefronst voorhoofd keek hij de vrouw van Gobad nog eens aan en zei, 'Wanneer had u die kameel gezien?'

'O, dat kan ik u precies vertellen, majesteit, alsof het gisteren gebeurd is. Het regende soep en het hagelde vleespasteitjes op de stad. Een van die hete vleespasteitjes moet uw vorstelijke wang hebben getroffen, kijk maar,' zei Gobads vrouw en ze wees naar een wond, die de sjah tijdens het schermen aan zijn gezicht had opgelopen.

De sjah wierp Gobad een blik vol deernis toe. 'Ik wens u alle sterkte in uw komende huwelijksjaren met deze vrouw, beste vriend,' zei hij. 'En breng haar nu zo gauw mogelijk hier weg. U kunt gaan waar u wilt.'

De deuren hadden zich nauwelijks achter het echtpaar gesloten of de sjah voegde zijn vizier toe, 'U had gelijk. Gobad is met een krankzinnige vrouw getrouwd en ik heb een zeer wijze vizier als raadsman. De kameel wandelt alleen door het gestoorde brein van die vrouw, maar een ding wil ik u zeggen: Al zou die Gobad al mijn goud in zijn kelder hebben opgeslagen, hij zou desondanks met deze vrouw geen gelukkig man zijn.'

Gobad en zijn vrouw trokken tezamen huiswaarts, maar pas nadat ze beloofd had alleen op zondag te zullen spreken, voelde Gobad zich veilig. Op zondag kon hij bij haar blijven, als ze in aanraking kwam met vreemden!

Enkele jaren later groef Gobad het goud op en verhuisde met zijn vrouw naar een ander land, waar hij als een sultan leefde. Zijn vrouw had inmiddels enig gezond verstand aangekweekt en ze waren niet al te ongelukkig met elkaar.

BREIN TEGEN BREIN

De sjah kon op een nacht niet in slaap komen, wat hij ook probeerde. Ten einde raad ontbood hij de vizier aan zijn sponde en vroeg hem om raad.

'Majesteit,' zei de vizier, 'mensen die niet kunnen slapen, beveelt men gewoonlijk aan na hun avondmaaltijd een eind te gaan lopen. Dat zuivert het bloed en regelt de ademhaling. Verontrustende gedachten verdwijnen om plaats te maken voor dromen.'

'Lijkt me uitstekend,' zei de sjah. 'Laat de kamerdienaar mijn jas brengen en bestel zes lijfwachten om met me mee te gaan.'

'Ik heb niet de indruk dat het rinkelen van sporen en het kletteren van sabels de geschiktste muziek is om iemand voor het slapen gaan te kalmeren,' merkte de vizier op.

'Ben ik met u eens, maar zonder de bescherming door mijn lijfwacht zou ik in het nachtelijk duister wel eens als een beest kunnen worden neergestoken. U weet hoeveel vijanden ik heb!' zei de sjah geprikkeld en hij keek gejaagd om zich heen, alsof hij een hele troep moordenaars achter de overgordijnen vermoedde.

'Ik kan alleen zeggen, dat u aan uw avondwandeling meer genoegen kunt beleven dan op een hofbal met honderd danseressen,' zei de vizier.

'Maar man, vertel me dan hoe!' riep de sjah.

'Ogenblikje,' zei de vizier.

Hij kwam al gauw terug met een bundeltje lompen in de hand. 'Dit is nauwelijks dikker dan een spinneweb,' zei hij, 'maar het zal u meer bescherming bieden dan een harnas. Ik heb het pakje van een derwisj voor u meegebracht; hij was de meest wijze man die ik ooit heb ontmoet. Het heeft jaren in mijn kist gelegen. Als u het aantrekt en uw baard en haar enigszins in wanorde brengt, zult u eruitzien als zo'n heilige man. De meest werkschuwe bedelaar zal u geen strobreed in de weg leggen en als u door de donkerste straten van onze goede stad Isfahan wandelt, zullen uw gedachten vrijer zijn dan op de terrassen van uw paleis. Voor een derwisj gaan alle deuren open. U zult kunnen zien hoe uw onderdanen leven en u zult te horen krijgen wat ze onderling bepraten. Ik wed om mijn met goud ingelegde schaakbord en mijn ivoren stukken dat u een belevenis zult krijgen, die u lang zal heugen.'

'Ik doe het. Geef me die kleren en zorg dat we niet gestoord worden,' zei de sjah met een glinstering in zijn ogen.

Kort na dit gesprek sloop de meest haveloze derwisj die de stad Isfahan ooit had aanschouwd, de achterdeur van het paleis uit. Hij nam met een hoofdnik afscheid van de vizier en werd opgeslokt door de duisternis in de bochtige straten. Zelfs de eigen waarzegger van de sjah zou zijn vorst niet hebben herkend en hij was het toch werkelijk.

De sjah keerde het hoofd van de ene kant naar de andere en had het gevoel te dromen. Hij kon maar niet genoeg krijgen van al die pratende lachende mensen om zich heen. Zijn onderdanen waren voor hem tot dusver een massa zonder gezicht geweest, want als hij ergens voorbijkwam, waren ze verplicht het hoofd in het stof te buigen. Nu kon hij hen van aangezicht tot aangezicht zien.

Van de vrolijke drukte verzeilde de sjah op een of andere manier in de stilte en verlatenheid van een volgende straat. Hij zag weinig meer, hij hoorde alleen in de verte iemand een blijmoedig liedje zingen. Hij liep op het geluid af en ontdekte in een bepaald huis een verlicht raam op de bovenverdieping. Op het gordijn tekende zich de schim af van een man, die een forse kelk in de hand hield. Bij zijn nadering werd het zingen luider en luider. Maar zodra de man de kelk aan de lippen zette, verstomde het gezang.

De sjah ging naar het huis toe en klopte krachtig op de deur. Dadelijk werd het gordijn opengerukt en een man met brede schouders boog zich naar buiten en riep met een stem krachtig genoeg om de doden te wekken, 'Wat voor een bedelaar maakt daar zo laat op de avond nog kabaal? Moet ik je soms een emmer vuil water boven je kop omkeren? Wie ben je en wat heb je in mijn huis te zoeken? Zeg op!'

'Vrede zij met u,' antwoordde de sjah. 'Een arme derwisj is het die voor uw deur staat en hoopt zijn vermoeide leden onder uw dak te mogen uitstrekken.'

'Een derwisj, zei je?' mompelde de man aan het raam niet veel welwillender. 'Dat kan iedereen wel beweren. Zeg eens, heb je vanavond een maal eten gehad?'

'Ik zal u geen rijstkorrel vragen, vriend. Mannen als ik zijn niet gewend hun maag te overladen,' antwoordde de sjah en zijn volle baard kon zijn lach nauwelijks verbergen.

'Nou, kom voor mijn part dan binnen,' zei de zanger, smid van beroep, en hij smeet een grote sleutel naar beneden. 'Maar een ding wil ik je zeggen: jij gaat rustig in een hoek zitten en je laat je niet horen. O ja, nog iets, doe de deur achter je op slot.'

'Ik zal als een steen zo doof en stom zijn, beste man,' riep de sjah en hij sloot de deur achter zich af en beklom de trap.

Bij het binnenkomen van de kamer zag de vorst een gezellig met bloemen gedekte tafel, waarop schalen verse vruchten en een kruik wijn stonden. Rondom de kruik waren als schapen om de herder schalen en borden met een keur van gerechten neergezet. Schalen gebraden vlees en gestoofd vlees moesten de ruimte delen met koek en gebak, met geconfijte noten en zoute amandelen.

'Moge de beul me opknopen aan de galg als ik ooit een deugniet heb ontmoet met een paar zo slimme ogen in zijn kop, vriend!' riep de gastheer met schallende stem en hij nam zijn gast van top tot teen op. 'En kijk me die schurk nou eens begerig naar mijn welvoorziene dis loeren!'

De sjah boog nederig en trok zich in een kamerhoek terug, waar hij neerhurkte en zich niet meer liet horen. De heer des huizes zette zich aan de overladen tafel, schonk zich een glas rode wijn in en begon zich vol te proppen met de talrijke heerlijkheden.

Na enige tijd begonnen zijn kaken evenwel langzamer te malen, alsof ze droog graan te verwerken kregen in plaats van uitgezochte lekkernijen, en tenslotte kwamen ze tot rust. De smid staarde wezenloos voor zich uit, alsof hij in trance was.

Nog even later keerde hij zich om naar zijn gast en de beide mannen staarden elkaar aan, de smid de sjah en de sjah de smid. En opeens werd de stilte verbroken door een daverende slag, die het vaatwerk deed rinkelen.

'Ben je van plan daar tot aan de dag des oordeels te blijven zitten mediteren?' riep de gespierde smid, die het kabaal had veroorzaakt door krachtig met de vuist op tafel te slaan. 'Eet een stukje mee, nu je er toch bent.'

De sjah boog weer diep en zette zich zwijgend aan tafel, waar de smid hem een halve kapoen aanbood, goudbruin gebraden. 'Of heb je liever dat stuk lamsbout? Of die pilaf? Je neemt maar wat je lust.'

De sjah antwoordde niet, maar tastte toe, zoals hem aangeboden was. En zwijgend aten de twee mannen verder, tot de smid even kuchte, nog een glas op tafel zette, het tot aan de rand volschonk, het zijn gast aangaf en daarbij zei, 'Ik weet wel, dat ik een heilig man geen wijn behoor aan te bieden, maar volgens mij ben je geen derwisj maar een oplichter en proost dus maar.'

Zwijgend nam de sjah het glas aan, knikte en zwijgend zette hij het aan de lippen.

'Man, zeg nou eens wat! Vertel me eens wie je bent. Vertel me voor mijn part hoe mieren een nest bouwen. Nou ja, als je niet wil praten, moet je maar naar mij luisteren. Ik zal je vertellen wie ik ben.'

De gastheer zette het glas aan de lippen en nam een ferme teug, voor hij verderging. 'Ik heet Basim en ik ben smid van beroep. Mensen met een zuur gezicht zou ik wel met mijn hamer de deur uit willen jagen, maar voor een feestje of wat gein ben ik altijd te vinden, daar heb ik mijn laatste cent voor over. Van de vroege morgen tot de late avond sta ik roodgloeiend ijzer te smeden en ik heb nog nooit minder dan vijf dirham per dag verdiend. Ik ga er elke avond mee naar de bazaar en daar geef ik het uit aan eten; een dirham voor gebraden vlees, een voor wijn, een voor noten en gebak, voor de vierde koop ik kaarsen en olie voor mijn lamp en de vijfde geef ik aan die oude vrouw daar in de hoek, die speelt bij mijn liedjes. En dan ga ik thuis lekker zitten smullen en drinken. Zo gaat het hier elke dag en ik zing tot laat in de avond omdat het leven zo plezierig is. 's Morgens ga ik weer naar mijn werk en als het schemerig wordt geef ik alles wat ik verdiend heb weer uit voor mijn feestmaal.'

'Maar als de sjah van morgen af nu eens alle smidswerk in Isfahan zou verbieden? Wat moet je dan beginnen? Je hebt geen cent gespaard,' zei de vorst en het waren de eerste woorden die hij na zijn komst had gesproken.

'Dat zou de sjah nooit doen,' zei de smid uit de hoogte. 'Zelfs zijn eigen tuinman zal de schoffel bij de smid moeten halen!' Met een rimpel in zijn voorhoofd ging hij verder, 'Hoe kom je toch op zo'n gek idee? Nee, dat zou de sjah nooit doen. En als hij het deed, wil ik er mijn kop onder verwedden, dat je me morgen toch weer aan een tafel zult zien zitten, die even rijk voorzien is als deze. Ik nodig je alvast uit voor morgenavond, derwisj, als je dat bent, en wee je gebeente als ik je niet zie verschijnen! Ik zal je zoeken tot in de duisterste hoek van de verste straat en je hier bij je nekvel naar toe sleuren, al moest ik de hele stad met je door!'

En daarna namen de smid en de sjah als goede vrienden afscheid. De sjah sloop het paleis binnen door de geheime achterdeur en viel in slaap zodra zijn hoofd het kussen aanraakte.

De volgende ochtend begaf hij zich naar de troonzaal, waar de emirs, de hooggeplaatste ambtenaren en andere groten uit het rijk zijn bevelen afwachtten. De sjah wenkte zijn vizier en zei met gedempte stem, 'Dat was een voortreffelijke raad, vriend, er gaat niets boven een korte wandeling voor het slapengaan. Ik heb geslapen als een kind. Maar wilt u nu de magistraten van de stad opdracht geven, dat ze de omroepers uitsturen en in alle straten en op alle pleinen het volgende bevel laten afkondigen:

"Met ingang van hedenochtend heeft de sjah alle smeden verboden gedurende drie dagen in de stad Isfahan hun beroep uit te oefenen. Wie dit verbod overtreedt, zal met de dood gestraft worden."

Dit geschiedde en toen Basim bij de smederij van zijn baas kwam, vond hij de deuren gesloten en de baas zelf zat met het hoofd in de handen op de stoep.

'Jij schijnheilige ellendeling met je geitebaard, ik wou dat je nooit een voet binnen mijn deur had gezet!' dacht de smid en hij doelde op zijn gast van de vorige avond. 'Je misselijke voorspelling is wel volkomen in vervulling gegaan. Maar ik wil vanavond even lekker eten als gisteren en ik zal het klaarspelen, wacht maar!'

Hij ging er vandoor en liep de straten af en hier en daar bleef hij staan op een straathoek of voor een werkplaats. Opeens kwamen uit een deur dicht bij hem twee mannen naar buiten rennen, die de grootste ruzie hadden. De een was een waterdrager en hij wilde niet langer werken voor de ander, die zijn baas was.

'Als je water sleepte en ophield je tijd te verknoeien, zou ik je meer betalen!' riep de baas. 'Overigens, ik houd je niet vast. Geef me mijn zak en mijn kruik en maak dat je wegkomt. Van jouw soort kun je er op elke straathoek twaalf in een dozijn vinden!'

'En wie hier voor u staat is er een, die niet tegen een beetje werk opziet!' riep de smid. De man kreeg erg in zijn brede schouders en zijn fatsoenlijk gezicht en gaf hem de zak en de kruik, die hij de waterdrager juist had afgenomen. Hij zei, 'Prachtig, je kunt op proef werken.'

En omdat Basim die dag even veel water droeg en verkocht als de andere dragers samen, had hij tegen de avond zijn vijf dirham verdiend.

In het paleis kon de sjah nauwelijks wachten tot het donker werd. Zodra de zon onderging, trok hij zijn derwisjpak aan, maakte zijn haar en baard in de war en sloop het paleis uit, op weg naar de woning van de smid. Hij verwachtte de smid in sombere stemming te zullen aantreffen en hij vroeg zich af hoe de vrijgevige opschepper hem zou ontvangen, nu hij in een kamer zonder licht niets te eten en te drinken had.

Hij had zich vergist. De sjah kon zijn ogen nauwelijks geloven! Hij had nog niet aangeklopt of een vloed van scheldwoorden daverde uit het raam boven zijn hoofd. 'Wat spijt het me, dat ik vandaag geen tijd had je te zoeken, jij ellendeling met je geklets!' schreeuwde de smid uit het raam. 'Ik had je met plezier een aframmeling gegeven voor je voorspelling. Weet je wel dat de duivel, die jij opgeroepen had, vannacht de sjah in het oor heeft gefluisterd dat hij mijn beroep in de stad Isfahan moest verbieden? Ik kan werkelijk geen andere verklaring vinden voor dat plotselinge verbod, dat de sjah uitgevaardigd heeft.'

'Wat vertel je me nu? Dat is een gekke samenloop van omstandigheden!' zei de sjah, die deed alsof hij schrok van de onheilstijding. 'Maar beste man, ik kan het echt niet helpen. Wie heeft ooit gehoord dat de woorden van een derwisj, de armste onder de armen, doordringt tot het oor van de sjah! Bovendien, je eet er even lekker van als altijd, zie ik. Zeg eens, hoe ben je aan de dirhams gekomen?'

'Ik ben gewend mijn beloften na te komen. Heb ik je niet gezegd dat ik vanavond

lekker zou eten, al zouden alle duivels ter wereld Isfahan op wilde zwijnen bestormen? Ik heb de hele dag water gedragen en ook dat heeft me vijf dirham opgeleverd. Tegen de avond heb ik er eten en drinken voor gekocht en daar zit Basim dan weer. Waterdragen is eigenlijk veel beter werk dan smeden en het rondbrengen van water zal de sjah toch moeilijk kunnen verbieden.'

De sjah beet op zijn lip en dacht na: de smid was hem te glad afgeweest! En toen hij aan de tafel met alle heerlijkheden zat, bleven de brokken voedsel hem in de keel steken, alsof het onrijpe appels waren.

Ten slotte deed de sjah zijn mond open. 'Maar als – ik weet wel dat het volkomen onmogelijk is – maar als de sjah nu eens zo dwaas zou zijn het rondbrengen van water te verbieden?'

De sjah rekte de hals uit als een blazende gans die een passerende zwerver in de benen wil bijten. Hij keek zijn gastheer zo doordringend aan, dat er Basim een rilling langs de rug liep. Maar de smid gaf ten slotte een zware slag met zijn vuist op de tafel en riep, 'Wat je daar nu zegt, kan gewoon niet gebeuren, maar als het toch gebeurt – nou, ik zeg je dat ik morgenavond even lekker zal eten als vanavond. Kom zelf maar kijken, je kunt eten en drinken zoveel je wilt.'

Basim schonk het glas van zijn gast tot de rand vol en vergat zijn eigen glas daarbij niet. Hij hield het tegen het licht omhoog en keek met genoegen naar de sprankelende drank. Hij begon te zingen, het ene liedje na het andere, en de sjah zong dapper mee.

Toen de sjah in het paleis was teruggekeerd, kon hij de slaap niet vatten. Hij vroeg zich af, of hij de volgende dag kans zou zien de smid te glad af te zijn. Het was nauwelijks licht, toen de omroepers al te paard door de straten van Isfahan gingen en het laatste bevel van de vorst afkondigden. 'Met ingang van heden zal het gedurende drie dagen verboden zijn het beroep van waterdrager uit te oefenen. Wie dit bevel overtreedt, wordt naar de galeien gezonden!'

De bevolking toonde zich nogal verbaasd over dit tweede verbod, dat nog onbegrijpelijker was dan het eerste. Men schudde het hoofd en fluisterde, dat de sjah zijn verstand moest hebben verloren. Niemand was uiteraard zo verbaasd als Basim, want die herinnerde zich wat zijn gast van de vorige avond had gezegd. 'Het is net alsof ik slachtoffer ben van de kwalijke grappen van een tovenaar! Nu ja, hoe het ook zij, ik heb een belofte gedaan en mijn eer staat op het spel. Ik moet een manier vinden om aan vijf dirham voor mijn avondmaal te komen, al zou ik mijn laatste hemd ervoor moeten verkopen.'

In gedachten verdiept liep Basim terug naar zijn eigen woning. Hij ging zijn kamer binnen, sloeg het deksel open van de kist in de hoek en haalde daaruit een prachtige tulband en een nog fraaier uniform te voorschijn, die hij enkele jaren tevoren van de stadscipier had gekocht. Hij kleedde zich zorgvuldig in deze uitrusting, gespte een met koper beslagen gordel om zijn middel, streek de punten van zijn gepommadeerde snor op en begaf zich op weg naar de markt. Hij zou meer kans hebben de kledingstukken te verkopen, als hij ze droeg, want nu kon iedereen dadelijk zien hoe goed tulband en jas bij elkaar pasten.

Hij kon moeilijk voorzien dat hij zijn geld veel gemakkelijker zou verdienen! Zodra hij zich op de markt vertoonde, trok er iemand schuchter aan zijn jas. Hij keerde zich om en werd onthaald op een stortvloed van woorden.

'O scherpzinnigste onder de inspecteurs, u komt precies op tijd, o, beschermer van mijn bestaan!' brabbelde een van de marktkooplui op onderdanige toon. 'Ziet u die kerel daar? Die heeft zijn waren uitgestald net op de plek waar ik al drie maanden mijn zaken doe en waarvoor ik eerlijk mijn marktgeld heb betaald. Laat het recht gehandhaafd worden! Zeg die indringer dat hij mijn plaats moet ontruimen en geef hem een dikke boete! En omdat u aan mijn dank alleen ook al niet veel hebt, vorst van het recht,' zei de man en liet zijn stem dalen tot gefluister, 'is dit voor u.' Hij liet een ronde dirham in de zak van de smid glijden.

Eer Basim de tijd had van de schok te bekomen, was de indringer al bezig zijn koopwaar bijeen te pakken. Hij boog voor de smid tot zijn voorhoofd de grond raakte en zei smekend en met betraande ogen, 'Heb medelijden, brave heer, en leg een vader van zeven kleine kinderen geen al te hoge boete op. Ik beloof, dat ik me hier nooit meer zal vertonen. Ik ga naar een andere bazaar.'

'Deze keer kom je er met twee dirham af, maar zorg dat ik je nooit weer onder ogen krijg!' zei Basim op strenge toon en hij stak zijn hand uit om het geld in ontvangst te nemen. Nu rinkelden er drie dirhams in zijn zak en Basims humeur ging met sprongen vooruit: 'Tjongejonge,' zei hij bij zichzelf, 'dat het zo gemakkelijk is geld voor een lekker avondmaal bijeen te krijgen. Je hoeft alleen maar een mooi uniform aan te trekken. En dan kun je hier en daar iemand wegjagen en als beambte van de sjah de steekpenningen in ontvangst nemen.'

Hij hoefde nu nog maar twee dirham voor zijn maal te verdienen en hij deed dat volgens dezelfde methode. Daarna haalde Basim zijn gebruikelijke boodschappen en ging prettig gestemd naar huis.

De sjah kwam die avond als derwisj verkleed zijn derde bezoek brengen en hij trof als tevoren een rijkelijk voorziene dis aan, wat hem nog vuriger deed verlangen de smid te glad af te zijn. 'Die slimme Basim vindt altijd wel weer ander werk!' dacht hij. 'Maar bij de zwaarden van mijn voorvaderen, ik zou liever mijn legers verslagen zien, dan te moeten verderleven in de wetenschap, dat ik hem niet klein heb kunnen krijgen. Als ik hem maar eenmaal met bedrukt gezicht aan een lege tafel kon zien zitten!'

Basim vertelde hem al heel openhartig en schaterend van het lachen, hoe hij zonder een vinger uit te steken ook die dag aan zijn vijf dirham was gekomen en bij dat verhaal brak er een stille lach door op het gezicht van de sjah.

De vorst nam die avond in een stralend humeur afscheid van zijn gastheer en de volgende ochtend zond hij een dienaar uit, die Basim naar het paleis moest brengen. Hij koesterde geen enkele vrees door Basim herkend te worden, want hij deed in zijn gouden staatsiegewaad al heel weinig aan de povere derwisj denken.

'Ik hoor juist, dat u zich als een van mijn ambtenaren hebt voorgedaan en in mijn naam boeten hebt geïnd!' zei hij, zodra Basim voor hem was verschenen.

'Dergelijk bedrog kan met de dood worden bestraft. Het behaagt mij evenwel lankmoedig te zijn, want ik heb vanmorgen heerlijk ontbeten. Bovendien kwam mij ter ore, dat u het geschil met wijsheid hebt beslecht en het gepleegde onrecht met bekwame spoed ongedaan gemaakt. Dat geeft me aanleiding vertrouwen in u te stellen. Mensen als u heb ik graag in mijn dienst. Ik benoem u hierbij tot hoofdinspecteur van ons marktwezen en overhandig u dit zwaard als symbool van uw ambt. Hoed u evenwel voor mijn toorn, indien mocht blijken dat u steekpenningen aanneemt of boeten te eigen bate aanwendt. U zult daaraan waarlijk geen behoefte hebben, want aan het eind van elke maand wordt u een voortreffelijk salaris uitbetaald.'

Basim wist nauwelijks of hij waakte of droomde. Hij was totaal overrompeld door de hem bewezen eer en naderhand kon hij zich nauwelijks herinneren hoe hij van het paleis naar zijn huis was gekomen. Twijfelen hoefde hij overigens niet aan zijn benoeming – het zwaard in de fraai bewerkte leren schede had hem onder het lopen bij elke stap tegen zijn been geslagen en de marktkooplui hadden diep voor hem gebogen. Hoe langer hij evenwel over het gebeurde nadacht, hoe meer zijn gezicht begon te betrekken en plotseling kermde hij, alsof zijn enige zoon levend werd begraven.

'Hoe moet ik nu vanavond mijn eten betalen? Deze keer ziet het er werkelijk somber voor me uit. De derwisj zal zich vrolijk maken over mijn lege tafel en morgen zal hij door heel Isfahan rondvertellen, dat ik eindelijk verslagen ben. Nee, dat gebeurt niet, of mijn naam is geen Basim!'

Het zwaard dat op dat ogenblik tegen zijn linkerbeen sloeg, wekte hem uit zijn sombere gedachten. Nijdig greep hij naar het gevest – en op hetzelfde ogenblik klaarde zijn gezicht op. Het was alsof de maan van achter een wolk te voorschijn kwam. Dat had daaraan niet eerder had gedacht! Hals over kop liep hij naar een opkoper, die in gebruikte wapens handelde en bood hem het zwaard aan voor zes dirham. De man weifelde geen moment, een dergelijk zwaard kon minstens twintig dirham opbrengen.

Basim liep door naar een naburige houtsnijder, die voor een dirham een houten zwaard maakte, dat niet minder goed in de schede paste dan zijn stalen voorganger. En zo was de smid, inmiddels ambtenaar van de sjah, in staat zijn gebruikelijke voorraad eten, drinken en kaarsen in te slaan om 's avonds zijn feestmaal te kunnen aanrichten. De sjah in het derwisjpakje kon zijn woede nauwelijks verbergen, toen hij 's avonds op bezoek kwam en Basim aan zijn rijk voorziene dis aantrof.

'Als de sjah morgen nu eens bevel geeft de gevaarlijke oproerkraaier, die gisteravond door de wacht is overmeesterd, in de gevangenis te zetten.? En als de sjah jou dan eens zou opdragen het zwaard te trekken en de man het hoofd af te slaan?' vroeg hij de smid, nadat hij de gebeurtenissen van de dag had aangehoord.

'Net iets voor jou om onze stemming te bederven met je onheilsprofetie! Waarom zou de sjah me zoiets opdragen, terwijl hij toch een beul in dienst heeft? Vooruit, laten we eten en drinken en vrolijk zijn, want deze keer zul je beslist geen gelijk krijgen!' zei Basim en lachend hief hij het glas.

De sjah liet hem de volgende dag evenwel op de binnenhof van het paleis komen en de pas benoemde hoofdinspecteur kreeg een akelig voorgevoel, terwijl hij het houten zwaard tegen zijn been voelde slaan.

'Ik heb gehoord dat u gisteren uw plichten voortreffelijk en trouw hebt vervuld,' zei de sjah en bij die woorden kreeg de smid het al te kwaad. 'En daarvoor behaagt het mij u te belonen met een bijzondere eer.' De sjah klapte in de handen, waarop er een met ijzer beslagen deur onderin de torengevangenis openging en twee gewapende bewakers een geboeide man uit de duistere kerker in het felle zonlicht op de binnenhof sleurden.

'Kijk de gevangene maar eens goed aan,' zei de sjah op kille harde toon, 'het is een dief en een wrede moordenaar bovendien. Hij verdient niet beter dan door de hand van de beul te sterven. Dit is de eer, die ik u heb toegedacht, vriend. Laat het zwaard dat ik u gisteren geschonken heb, de zaak van het recht dienen!'

De gewapende bewakers dwongen de gevangene op de knieën en wat had de smid anders moeten doen dan naar het zwaard grijpen? Zijn hand kroop overigens zo langzaam langs het gevest omhoog, dat de sjah vol ongeduld uitriep, 'Nou, waar wacht u op? U wilt me toch niet vertellen dat u bang bent? Lafheid is iets, dat ik bij mijn ambtenaren niet kan dulden.'

Basim zag geen uitweg meer, zond een schietgebedje op naar Allah, zette een dapper gezicht en trok in een indrukwekkend gebaar het houten zwaard uit de schede.

Een ogenblik heerste er verschrikt zwijgen, toen klonk er hier en daar op de binnenhof gefluister en onderdrukt lachen van hovelingen, die de executie bijwoonden. Vlak daarop weergalmde de stem van de sjah: 'Zijn het mijn ogen die mij bedriegen of heeft een tovenaar mij teruggebracht naar mijn kinderjaren? Sedert wanneer dragen mijn ambtenaren houten zwaarden? Vertel me dat eens, hoofdinspecteur van het marktwezen! Waar is het wapen van Damasceens staal gebleven, dat ik u gisteren heb geschonken?'

'Ik weet het niet, majesteit. Ik begrijp er niets van. Het zwaard zat in de schede, bij mijn weten! De enige verklaring is dat de veroordeelde, die door mijn hand zou sterven, onschuldig is. Allah zelf heeft uit barmhartigheid een wonder verricht en mijn zwaard veranderd in een houten stuk speelgoed om zijn leven te sparen,' riep de smid, zonder zelf te weten hoe hij zo gauw op deze dwaze verontschuldiging was gekomen.

Hij bleef met ingehouden adem wachten tot de toorn van de sjah op zijn hoofd zou neerdalen, maar de sjah legde hem alleen de hand op de schouder.

'Jij bent de winnaar, Basim,' zei de sjah met een schaterlach. 'Je bent me ook deze keer te slim af gweest. Die geboeide veroordeelde is inderdaad zo onschuldig als een pasgeboren kind; dit alles was doorgestoken kaart, omdat ik nu eindelijk wel eens de slimste wilde zijn. Maar van deze dag af erken ik je slimheid en de kracht van je brein. En hierna zal ik op mijn beurt als gastheer optreden.'

Met deze woorden nam de sjah de smid mee naar de feestzaal, waar ze tezamen aten en dronken en tot laat in de avond bleven praten.

Groot was de verbazing van Basim, toen het ten slotte tot hem doordrong, wie zijn tegenstander was geweest in dit gevecht van brein tegen brein en niet minder groot was zijn genoegen, nu hij zijn feestelijk avondmaal in zulk voornaam gezelschap kon genieten. En toen de sjah hem een functie in het paleis zelf aanbood, stemde Basim met graagte toe, want niets was hem liever dan een eerlijk gevecht.

In de toekomst had de sjah geen trouwer onderdaan dan de vrolijke scherpzinnige smid.

DE ZOGENAAMDE WAARZEGGER

Er was eens een arme maar eerlijke drager, die werkte op de markt. Een touw en een plank waren zijn enige uitrusting en hij maakte er gebruik van wanneer hij zware lasten over een grotere afstand moest vervoeren. Hij werkte hard, verdiende een bescheiden inkomen voor zichzelf en zijn vrouw, maar dankte Allah elke avond voor zijn dagelijks brood.

Op een dag ging de jonge knappe vrouw van de drager naar de openbare badinrichting. Ze legde haar versleten kleren opgevouwen op een kleedje in de vestibule en stapte het water in. Vlak daarop kwam er een dienstmeisje binnen met een koperen kruk in de hand, zoals ze in badhuizen worden gebruikt om erop te zitten. Ze werd op de hielen gevolgd door een vrouw met een hoofd als een leren zak, waarin de kameel water meedraagt op lange tochten door de woestijn en met oren als versleten pantoffels. Deze vrouw werd vergezeld door een stoet van bedienden.

De badmeesteres en haar helpsters maakten heel wat werk van die afzichtelijke vrouw en de dragersvrouw zuchtte van afgunst en was gauwer met haar bad klaar dan gewoonlijk. Toen ze zich wilde aankleden, merkte ze tot haar verbazing dat haar stapeltje kleren nergens te bekennen was. Ze zocht het hele badhuis af, maar tevergeefs. Er bleef haar niets anders over dan terug te gaan naar de treden, die in het water afdaalden. En ja, daar lag haar bundeltje kleren, half in het water, half op de steen.

'Wie heeft mijn kleren in het water gegooid?' riep ze woedend.

'De vrouw van de eerste waarzegger van de sjah,' antwoordde een van de helpsters fluisterend. 'Toen ze zich begon uit te kleden, kreeg ze erg in uw stapel kleren en vroeg, van wie die waren. We zeiden dat ze van u waren, van de vrouw van de drager, en toen kwam ze overeind en gaf er een schop tegen en toen zijn ze langs de treden tot in het water gegleden.'

De vrouw van de drager vroeg niets meer, trok haar natte kleren aan en ging naar huis. 's Avonds toen haar man moe en hongerig thuiskwam, werd hij onthaald op jammerklachten in plaats van een maal eten.

'Of jij verwisselt je houten plank voor het plankje met dobbelstenen van de waarzegger, of ik ga uit dit huis weg en je zult me nooit terugzien. Ik heb de ellende van de armoe nu lang genoeg met je gedeeld, ik zou me eindelijk wel eens in weelde willen baden. Je moet zorgen de eerste waarzegger van de sjah te worden.'

'Lieve vrouw,' riep de drager, 'moge Allah je wat gezond verstand bijbrengen. Hoe kan ik eerste waarzegger worden? Hoe kan ik zelfs maar de nederigste waarzegger worden, terwijl ik niet eens kan lezen en schrijven? Het enige dat ik kan is een last op mijn rug vervoeren.'

'Je hebt me gehoord,' snauwde zijn vrouw. 'Als je niet doet wat ik je gevraagd heb, laat ik je alleen en zoek een echte waarzegger om zijn vrouw te worden. Die heks, die afzichtelijke feeks, die eigenwijze vrouw van de eerste waarzegger van de sjah, doet net alsof de hele wereld van haar is. Waar zij aanwezig is, zien de mensen niet eens hoe mooi ik ben. Weet je wel, dat ze mijn kleren in het water heeft geschopt? En nu zweer je me bij de baard van de Profeet, dat je niet weer thuiskomt voor je waarzegger bent. Als dat je niet gelukt, ga ik bij je weg.'

Toen het tot de arme man doordrong, dat zijn vrouw niet van gedachte zou veranderen, ging hij de volgende dag naar de bazaar, verkocht zijn plank en zijn touw en schafte een bronzen plaat aan en een dobbelsteen aan een ketting, waarin allerlei symbolen en getallen waren gesneden. Vervolgens zocht hij een lege winkel aan de buitenkant van de stad en legde zijn uitrusting klaar.

Hij was nauwelijks op de vloer gaan zitten, of er drong een aantal mannen binnen.

'Vrede zij met u, waarzegger! De ezeldrijvers van de sjah laten u groeten. We zijn pas aangekomen met een karavaan, die geld vervoert voor de schatkist van de sjah en terwijl we de stad binnenreden, is een van de ezels ontsnapt. Het dier vervoerde twee flinke zakken met zilver en als we hem niet gauw opsporen, zal dat zeker gestolen worden; ons wacht dan de dood door de hand van de beul. Wijze man, voor wie geen geheim verborgen is, help ons. Zeg ons, waar we de gevluchte ezel kunnen vinden.'

De drager wist niet eens wat hij met de plaat en de dobbelsteen moest doen en hij kon zeker niet waarzeggen. Hij meende dan ook, dat hij maar het beste kon zeggen wat hem toevallig voor de mond kwam. 'Ik zal maar een paar centen vragen, misschien zullen ze me dan niet afranselen, als ze geen ezel vinden.' En daarna trok hij het gezicht van een waarzegger die in trance is en zei met een stem die uit een andere wereld leek te komen, 'Koop een pond geroosterde erwten en een pond rozijnen en laat de man die voorop loopt beurteling een erwt, een rozijn enzovoort in de mond steken. Zo zult u de ezel vinden.'

De ezeldrijvers waren blij en betaalden de waarzegger de paar centen die hij vroeg, maar beloofden hem een vorstelijke beloning, indien ze de ezel zouden vinden. Ze vertrokken, kochten erwten en rozijnen, schaarden zich op een rij en gingen op zoek en de voorste man stak een erwt in de mond, daarna een rozijn, daarna weer een erwt en zo ging dat door. Ongemerkt bereikte de stoet de ruïnen van een groot huis, die door hoog onkruid waren overwoekerd.

'Kijk toch eens, daat loopt de ezel te grazen! De waarzegger wist wel wat hij zei, we zijn gered!' En ja, het was hun ezel en hij at zich vol aan het sappige voer langs de afbrokkelende muren. Het toeval had hem naar dezelfde plek gebracht als de mannen die hem zochten. En de uitlatingen van de drager, die hij op goed geluk hadden gedaan, kregen het aanzien van een wonderbaarlijke voorspelling.

De ezeldrijvers gingen terug naar de winkel van de zogenaamde waarzegger en ze keken hem aan met stralende gezichten en bedankten hem uitbundig. Ze telden vijf goudstukken voor de drager neer met de woorden, 'U bent de grootste van alle waarzeggers! We hadden de ezel al terug voor de erwten en rozijnen half op waren!'

Het spreekt vanzelf dat de drager ook blij was. Toen het donker begon te worden, sloot hij zijn zaak en spoedde zich naar huis. Hij ging aan de tafel zitten, stalde de vijf goudstukken voor zich uit en vertelde zijn vrouw, wat er gebeurd was.

'Maar goed, dat ik je gezegd of liever gedwongen heb op te houden met het dragen van zware vrachten en waarzegger te worden!' wierp zijn vrouw hem voor de voeten, nog eer hij uitverteld was. 'Nu zie je zelf, hoe de wereld wordt bediend. Van's morgens vroeg tot 's avonds laat heb je lopen zweten onder zware kisten en zakken en je kreeg voor al je moeite maar een paar centen. Vandaag ben je er gemakkelijk bij gaan zitten en nu ligt er goud voor je op tafel.'

'Nou, ik heb geluk gehad, vrouwtje, en ik zal niet verzuimen Allah daarvoor elke avond voor ik ga slapen te danken. Maar het geluk klopt niet tweemaal aan dezelfde deur. Je moet me dit liever maar niet meer vragen. Morgen ga ik weer naar de markt om mijn kost te verdienen zoals ik dat gewend was.'

'Geen woord meer, lafbek!' schreeuwde zijn vrouw. 'Jij blijft waarzegger, verzeker ik je, of anders raak je mij kwijt.'

En of hij wilde of niet, de drager zocht de volgende dag zijn winkel aan de rand van de stad weer op. Hij kreeg haast de tijd niet zijn uitrusting klaar te leggen, want niemand minder dan de burgemeester van de stad kwam hem, vergezeld van een wethouder en het hoofd van de politie, bezoeken.

'Ik ben erbij,' dacht de drager en begon te beven. 'Iemand zal de eerste waarzegger verteld hebben dat ik onder zijn duiven schiet en hij heeft de hoogste autoriteiten in de stad weten over te halen mij dat onmogelijk te maken.'

De drie mannen waren onderwijl binnengekomen en stelden zich voor hem op met welwillende gezichten; hun begroeting was vriendelijk.

'Mogelijk is het u bekend, wijze waarzegger,' zei de burgemeester, 'dat ruim een maand geleden de schatkamer van de sjah werd beroofd?

'De sjah was toentertijd zeer vertoornd en gaf ons veertig dagen de tijd om de dieven op te sporen en er zorg voor te dragen dat alles tot het laatste geldstuk teruggebracht werd. Indien we daarin niet slaagden, zou het ons het hoofd kosten. We zijn ogenblikkelijk aan onze opdracht begonnen. We hebben ons zelfs tot de eerste waarzegger van de sjah gewend, maar hij kon ons geen enkele aanwijzing geven. Gisteren gaf de eerste ezeldrijver van de sjah ons de raad ons tot u te wenden. En hier zijn we dan en we zouden u willen verzoeken al uw kennis en bekwaamheid te benutten om ons uit de nood te helpen. Red ons van de dood; wij smeken het u en we zullen u waarlijk rijk belonen!'

De drager bleef enige tijd zwijgend zitten, maar zijn gedachten werkten snel. 'Je hebt me aardig in de penarie geholpen, wijfje van me! Ik voel me als een pan op het vuur, die bezig is aan te branden. Allah moge je genadig zijn, dierbaar vrouwtje, als ik althans mijn eigen huid dan maar mag redden.'

De hoogwaardigheidsbekleders vatten zijn zwijgen ieder op eigen wijze op en de burgemeester gaf een wenk aan zijn dienaar, die zich op de achtergrond had gehouden, maar nu dadelijk toeschoot en een hoeveelheid goudstukken uit zijn buidel liet glijden.

'Overweeg uw beslissing niet langer, wijze man, vervul onze wens. Wil deze vijfhonderd goudstukken aanvaarden als een voorschot op de door mij in het vooruitzicht gestelde beloning.'

'Goed dan,' zei de drager, niet tegen de verleiding van het goud bestand. 'Maar dan moet u nu weggaan en morgen om dezelfde tijd terugkomen.'

Nadat de deur achter zijn bezoekers was dichtgevallen, gaf hij zich over aan de blijdschap, die in hem opkwam en hem tot berstens toe vervulde: de volgende morgen zouden ze hem daar niet meer aantreffen. Wel vroeg hij zich af, waar hij zich moest verschuilen. Ze zouden hem nazetten, waar hij ook ging.

De bezorgde drager besefte in het minst niet, dat een van de dieven die hij diende op te sporen, zich vlak bij zijn winkel bevond, daar hij van de bendeleider opdracht had gekregen de burgemeester te schaduwen. Het was deze man, die zich even later naar de schuilplaats van de rovers haastte om met benepen stem verslag uit te brengen.

'De burgemeester is bij die beroemde waarzegger aan de rand van de stad geweest,' vertelde hij zijn makkers, 'en die waarzegger heeft hem gevraagd morgen terug te komen, dan zal hij vertellen waar de buit is verstopt!'

De andere rovers begonnen te trillen over al hun leden. Er werd besloten na te gaan waar de waarzegger woonde; ze wilden aan zijn raam gaan luisteren om erachter te komen hoeveel hij wist. De hele bende sloop nu naar de winkel en verschool zich in afwachting van het ogenblik waarop hij zich naar zijn woning zou begeven. Zodra de zon begon onder te gaan, pakte de zogenaamde waarzegger zijn uitrusting in, verliet de winkel en begaf zich naar huis; hij bleef onderweg maar eenmaal staan om een paar pond vijgen te kopen, die hem de avond moesten verzoeten.

De dieven waren hem nageslopen, vatten post langs de muren van het huis, dat door de drager werd bewoond en hielden zich gedekt tot het donker werd. Zodra zij door de duisternis beschut zouden zijn, wilden ze op het dak klimmen om aan de schoorsteen af te luisteren wat de waarzegger tegen zijn vrouw zei.

Onderwijl waren de drager en zijn vrouw al bijna aan hun volgende ruzie bezig.

'Hoeveel goudstukken heb je vandaag verdiend, licht van mijn ogen?' had de vrouw gevraagd, zodra haar man de voordeur binnenkwam.

'Vijfhonderd,' zei hij en vertelde haar alles wat er die dag gebeurd was.

'Toch maar goed, dat ik je overgehaald heb waarzegger te worden, wat jij?' zei de vrouw op zegevierende toon.

'Jawel,' schreeuwde de drager opeens, 'maar wat moet ik morgen tegen de burgemeester zeggen? Ik was eerst van plan te vluchten, maar ze krijgen me toch in handen. En als de sjah hoort dat ik geen enkele bruikbare aanwijzing heb kunnen geven, is hij in staat me voor zijn troon te laten sleuren en dan ga ik als leugenaar en bedrieger de gevangenis in.' De drager kreunde, want niets kwam hem rampzaliger voor dan een gevangene te worden.

Het was inmiddels donker geworden en de leider van de dievenbende die de schatkamer van de sjah had geplunderd, drong ongeduldig aan, 'Het dak op, jongens! Ik eerst en jullie komen me een voor een na!'

'Allah bescherme je, baas,' antwoordde een van de bendeleden. 'En kijk uit dat de waarzegger je niet betrapt.'

De bendeleider zat juist vroeg genoeg op het dak om het woord "gevangenis" op te vangen en wat hij verder opving, kon hij niet goed verstaan, maar het was wel in staat hem de stuipen op het lijf te jagen.

De vrouw van de drager was de enige die zich niet opwond; ze stak de ene gesuikerde vijg na de andere in haar mond en ze genoot er zo zichbaar van, dat haar bekommerde echtgenoot zijn verbijsterde blik niet van haar af kon houden.

'De een na de ander!' schreeuwde hij. 'Ze zijn er geweest!' Dat zei hij, terwijl hij haar de laatste vijg in de mond zag steken.

Maar de dieven die hem verstonden, verstarden van angst, want ze meenden dat de waarzegger op hen doelde.

'Da's geen gewone waarzegger, jongens,' fluisterde de leider. 'Deze man is helderziende, dat is een tovenaar; tegen hem kun je niets beginnen, zelfs het gevaarlijkste wapen zou hem niet deren. We moeten met hem praten en hem omkopen.'

Op het erf pleegden de dieven overleg en de drager, die schrok van het rumoer en de gedempte stemmen, riep, 'Wie zijn daar?'

'Wij zijn het, wijze man. Uw nederige dienaar smeekt u naar hem te willen luisteren,' antwoordde de bendeleider vanuit de duisternis.

'Wie ben je en wat wil je?' vroeg de drager.

'Drijf niet de spot met mij, wijze man,' was het antwoord. 'Ge kent de plaats van elke rijstkorrel in deze stad en ge weet ook dat ik de leider van veertig dieven ben. We weten dat ge over bovenaardse macht beschikt en daardoor ziet dat de kostbaarheden van de sjah verborgen liggen in de gewelven van de moskeeruïne in de tuin van Saida buiten de stad. We komen u vragen de burgemeester en de politie van de sjah morgen naar die plek te brengen. Maar laat ons erbuiten, we zijn fatsoenlijke dieven.'

'Wat je fatsoenlijk noemt!' dacht de drager, maar hij zei, 'Zeker, dat wist ik al.'

'Neem dit goud van ons aan,' zei de dievenleider en kwam dichterbij. 'Geef ons daarvoor uw belofte, dat ge de mannen van de sjah onze namen niet zult noemen.'

'Afgesproken,' zei de drager en nam het goud in ontvangst.

De volgende morgen zag de drager bij het naderen van zijn winkel de burgemeester, het hoofd van de politie en de wethouder al op zich staan wachten. Hij trok de wenkbrauwen afkeurend samen en zei op luide verwijtende toon, 'De zon is nog niet eens op. Wat wenst u zo vroeg in de morgen? O ja, die schat van de sjah, ik herinner het me weer! Goed dan – u rijdt tien mijl weg naar de moskeeruïne in de tuin van Saida buiten de stad. Volg de onderaardse gang naar de gewelven en daar kan uw personeel meteen beginnen de lastdieren te laden met alle gestolen edelstenen, goudstukken en zilverstukken, die ge daar zult aantreffen – kortom de volledige schat van de sjah.'

De autoriteiten deden wat de drager had gezegd en kwamen tot hun onuitsprekelijke opluchting tot de ontdekking, dat de man de waarheid had gesproken. Nadat ze de sjah het heuglijk nieuws hadden meegedeeld, liet hij spoorslags de drager

halen en het was de eerste kamerheer zelf die met een fraaie hengst voor zijn deur verscheen. De sjah beloonde de onbekende waarzegger met een gouden beker.

Dagen later verloor de dochter van de sjah een ring met een grote diamant. Niemand zag kans het sieraad terug te vinden, zelfs de eerste waarzegger kon geen uitsluitsel over de ring geven. De sjah liet dan ook nog eens de drager ontbieden. Bij zijn aankomst nam de wacht hem mee naar de zaal, waar de eunuchen en de dienaressen in staatsiegewaad stonden opgesteld. De sjah zelf verscheen en gaf de drager opdracht zich uit te spreken over de vermiste ring.

De arme marktarbeider begon te trillen en meende dat zijn laatste uur had geslagen.

'Kom, waarzegger, deel ons mee wat ge ziet,' mompelde de sjah ongeduldig.

De drager keek van links naar rechts en zijn ogen zochten gejaagd muren en plafond af. Hij had daarmee tot aan de avond kunnen doorgaan, als de sjah zijn geduld niet had verloren.

'Geloof me, Keizerlijke Hoogheid, ik zie niets,' brabbelde hij ten slotte. 'Alleen een gat in de muur.'

'Maar dat is het!' riep de dochter van de sjah en klapte in de handen. 'Nu weet ik het weer! Toen ik een bad ging nemen, heb ik de ring van mijn vinger getrokken en in een spleet in de muur gelegd.'

Ze repte zich weg en keerde even later met haar ring terug en de grote diamant flonkerde als een ster. Alle aanwezigen waren met stomheid geslagen, nu de waarzegger opnieuw zijn bekwaamheid had bewezen. De sjah gaf opdracht hem dadelijk een indrukwekkende beloning uit te betalen. Daarna verklaarde hij, 'Deze man zal voortaan mijn eerste waarzegger zijn.'

Hij riep zijn schrijvers en de bewaker van het keizerlijk zegel om de overeenkomst op perkament te zetten en hij bekrachtigde het document met zijn handtekening. De vorige eerste waarzegger kreeg bij dezelfde gelegenheid zijn pensioen.

Enkele dagen later organiseerde de sjah een grote gazellenjacht met al zijn broers en neven, zijn viziers, het hoofd van de politie en de legeraanvoerder, zijn lijfarts en ook zijn nieuwe eerste waarzegger.

Tijdens de rit over de vlakte streek er onverwacht een krekel neer op het zadel van de sjah. De sjah deed er een greep naar, maar de krekel ontkwam aan zijn hand. De sjah greep nog eens toe, maar weer ontsnapte de krekel. Het gezicht van de sjah vertrok van woede. Hij had opeens geen plezier meer in de jacht en greep voor de derde maal toe en nu had hij de krekel gevangen.

Met de krekel in de hand kvam de sjah op de gedachte de bekwaamheid van zijn nieuwe waarzegger op de proef te stellen.

Hij draaide zich in het zadel om en riep, 'Waarzegger, kom eens bij me!'

De drager zette zijn paard aan en naast de sjah hield hij de teugel in.

'Indien je de begaafde waarzegger bent, die je voorgeeft te zijn, moet je me vertellen wat ik in mijn hand hebt.'

De drager wendde de blik af, alsof hij moest nadenken. In feite wilde hij evenwel voorkomen, dat de sjah erg zou krijgen in zijn verbleekt gezicht en zijn angstige blik.

'Het geluk is me vaak te hulp gekomen, ik mag daarop niet nog eens hopen,' dacht hij vertwijfeld.

'Deze keer is het werkelijk afgelopen. De sjah zal me hier ter plaatse laten afranselen en als we terug zijn in het paleis, zal hij me in de gevangenis laten smijten. Ja, lief vrouwtje, je hebt me eindelijk te gronde gericht.' Hardop liet hij zich ontvallen, 'Jij stomme krekel!' want hij vond zichzelf geen haar verstandiger dan de krekels die in het gras rondom de paardehoeven sjirpten. 'Nu heeft de sjah je eindelijk in zijn greep!'

'Niet te geloven!' riep de sjah, die de wanhoopskreet van de drager had opgevangen. 'Ik beveel allen zich om deze man te scharen en hem te eren!'

Daarna opende hij zijn hand en zijn broers en neven, zijn viziers, het hoofd van de politie, de legeraanvoerder en de lijfarts staarden in eerbiedige belangstelling naar de krekel op de uitgespreide hand van de sjah.

'Geen heerser beschikt over een betere waarzegger dan ik, want hij kan de krekel in mijn gesloten hand zien,' zei de sjah en van die dag aan genoot de drager zijn volst vertrouwen en beschikte over grote rijkdommen. De zogenaamde waarzegger had een mate van welstand bereikt, die zelfs de ontevredenheid van zijn vrouw wegnam. Maar hoe sneller zijn vermogen aanwies, hoe meer de angst in zijn hart groeide.

'Wee mij, als de sjah er ooit achter komt dat ik niet ben wat ik voorgeef te zijn! Bij de baard van de Profeet, ik zal geen ogenblik rust meer kennen!

Wat zou ik dankbaar zijn als ik mijn vroeger handwerk weer kon uitoefenen, als ik vrachten kon dragen en zonder angst een stuk brood verdienen.'

De drager bleef met zijn zorgen rondlopen en kwam ten slotte op de gedachte zich krankzinnig te houden. 'Er zit niets anders op, als ik me wil bevrijden van deze last de waarzegger te moeten uithangen, een last zwaarder dan alle vrachten samen die ik ooit op mijn rug heb versleept,' dacht hij.

Hij voegde de daad bij de gedachte, bracht zijn haar in de war, draafde de troonzaal binnen, rukte de sjah de kroon van het hoofd en smeet het kostbaar voorwerp tegen de vloer.

De overrompelde vorst was zo geschrokken, dat hij geen woord kon uitbrengen. Plotseling zag hij, dat er door de val een kleine adder uit de kroon was geslingerd.

'Je hebt mijn leven gered, waarzegger!' riep de sjah. 'Als ik de kroon op mijn hoofd had gehouden, zou de adder me gebeten hebben en ik zou gestorven zijn.'

Hij ontbood de ceremoniemeester en gaf de man opdracht het gewaad binnen te brengen, dat als symbool van de hoogste onderscheiding gold. Eigenhandig gaf hij dit gewaad aan de waarzegger. Pas toen hij zijn huis had bereikt kwam de verblufte drager tot het besef, dat zijn voorgewende krankzinnigheid hem alleen nieuwe eerbewijzen had bezorgd.

'Volgende keer beter,' dacht hij, besloten zijn kans af te wachten. Enkele dagen later nam hij een bad in de openbare badgelegenheid en meende dat het ogenblik aangebroken was. Hij rende de straat op zonder ook maar iets aan zijn lijf en begaf zich ijlings naar de markt.

'Wee ons! De eerste waarzegger van de sjah is krankzinnig geworden!' riepen de mensen angstig, maar de drager rende door naar het paleis. Hij draafde langs de verbijsterde schildwachten aan de poort en glipte de vorstelijke vertrekken binnen. Eer de lijfwacht van de sjah de kans kreeg de speren te laten dalen en hem de pas af te snijden, stond hij al in het studeervertrek van de sjah. Hij greep de geschrokken vorst bij de hand, sleurde hem mee naar het terras en vervolgens naar de binnenhof.

Achter hem dromde een grote menigte kamerdienaars, dienstmeisjes, lijfwachten, eunuchen en koks samen, allen met dezelfde vraag op de lippen: 'Bij de baard van de Profeet, wat gebeurt er? Wat betekent dit?'

Even later weergalmde er luid geraas en gekraak door het paleis: het plafond in het werkvertrek van de sjah was ingestort.

'De eerste waarzegger had het alweer bij het rechte eind! Toen hij zijn bad nam, zag hij het gevaar, waardoor de sjah bedreigd werd. Hij moet geweten hebben dat er geen moment te verliezen viel en dat hij zijn vorst niet meer zou kunnen redden, als hij de tijd nam zich aan te kleden...' Dat was het wat de mensen dachten en zeiden, en de sjah zelf en zijn hofdouding waren het er geheel mee eens.

'Ja,' zei de sjah, 'mijn eerste waarzegger is niet alleen een wijs man, het is ook een held en hij heeft me tot tweemaal toe het leven gered. Daarvoor zal hij onderscheiden worden met de Orde van de Gouden Olifant, die alleen aan de allerdappersten wordt uitgereikt. En van nu aan,' voegde hij eraan toe en hij wendde zich tot de met stomheid geslagen drager, 'zal ik u van dag tot dag en van uur tot uur vragen stellen, trouwe en eerbiedwaardige onderdaan, en uw antwoorden zullen mij leiden in mijn leven en mijn regering!'

'O wee!' dacht de drager, nu het tot hem doordrong dat zelfs voorgewende krankzinnigheid hem niet uit zijn ambt kon ontslaan. Hij ontvluchtte het paleis en repte zich alsof een meute jachthonden hem op de hielen zat, naar onbekende oorden.

BIDJAN EN DE BEELDSCHONE PRINSES

In de dagen toen Perzië werd geregeerd door de vermaarde Chosroes de Grote, drongen grote kudden wilde zwijnen de noordelijke streken van het land binnen. Ze verslonden de oogsten en het duurde niet lang of de bevolking kreeg met hongersnood te kampen.

Ten einde raad verzocht de sjah zijn dapperste krijgers zich noordwaarts te begeven om de vraatzuchtige wilde zwijnen uit te roeien. Niemand meldde zich vrijwillig aan, behalve Bidjan.

'Laat mij gaan,' vroeg de jongste krijger van de sjah dringend. 'Ik beloof alles te zullen doen wat binnen mijn vermogen ligt om het land van deze plaag te bevrijden.'

De sjah die weinig ouder was dan Bidjan zelf, hoorde hem met genoegen aan; hij wist maar al te goed dat zijn oudere krijgers het beneden hun waardigheid achtten de strijd tegen wilde zwijnen aan te binden. Hij gaf Bidjan een flink bedrag uit de schatkist aan en gaf Goergin, een van zijn beste jagers, opdracht de jongeman te vergezellen.

Na vele dagen in het zadel vonden Bidjan en Goergin het spoor van de wilde zwijnen. 'Neem uw knuppel,' zei de jonge Bidjan tegen Goergin, 'en als ik de aanvoerder niet tref met mijn pijl, kunt u hem met uw knuppel de schedel inslaan.'

Goergins gezicht werd rood van woede na deze woorden, hij was veel te trots en hooghartig om zich de wet te laten voorschrijven.

Bidjan zag Goergins boos gezicht, wendde de teugel en zette zwijgend de achtervolging van de wilde zwijnen in. Fel als de wind raasde hij door de bossen en elk schot van zijn boog trof doel.

Tegen het vallen van de avond had Bidjan talrijke zwijnen neergelegd en de slagtanden had hij meegenomen om ze als trofeeën aan de sjah over te leggen.

Onderwijl had de verraderlijke Goergin een plan opgesteld om Bidjan ten val te brengen. Hij wilde hem over de grens met het vijandige buurland Toeranië lokken, waar Bidjan gevangen genomen zou worden. Toen Bidjan ten slotte kwam opdagen, het gezicht verhit van de jacht, begon Goerin aan de uitvoering van zijn plan; met een vriendelijk lachje riep hij uit, 'Je hebt je als een leeuw geweerd, Bidjan! Je bent een dapper man en verdient vorstelijke eer. Twee dagen rijden van hier ken ik een oord, waar de adel van Toeranië verpozing zoekt. Koele sprankelende beken stromen er langs smaragdgroene heuvelwanden. De lucht geurt er naar nootmuskaat en de dalen weerkaatsen de zang van de nachtegaal, die de roos een serenade brengt. Waarlijk, Bidjan, in dit oord van verrukking verstrijken de maanden als dagen en de dagen als uren, temeer daar de bekoorlijke Toeranese prinses Manidja persoonlijk daar verpozing zoekt en met haar hofdames van de schoonheid geniet.'

'Breng me daarheen – ik verlang naar die schoonheid, ik wil die prinses leren kennen!' riep Bidjan, betoverd door het visoen dat Goergin bij hem opgeroepen had. En ze bestegen hun paarden en reden weg naar de heuvels.

Na een lange afmattende rit ontwaarde Bidjan in de laagte een groep glanzend witte tenten en temidden daarvan stond een tent, die met goud was versierd. Dat was de tent van prinses Manidja, die erg kreeg in de twee ruiters en met haar dienares naar buiten kwam.

'Wie zijn die twee naderende ruiters?' vroeg de jonge prinses. 'De jongste is schoon als een bode van de goden. Vraag hem naar zijn naam, vraag tot welke familie hij behoort en wat het doel van zijn komst is.'

De bejaarde dienares ging haastig de ruiters tegemoet en Bidjan vertelde haar

dat hij op bevel van Chosroes wilde zwijnen had geschoten en op die liefelijke plek rust en verpozing kwam zoeken.

De oude vrouw repte zich terug en kwam even later nog eens naar hen toe met een boodschap van de prinses.

'Vreemdeling, ik heb een boodschap voor u van prinses Manidja, de dochter van de keizer van Toeranië. U dient zich onverwijld naar hare hoogheid te begeven.'

De jongeman sprong van zijn paard, wierp Goergin de teugel toe en volgde de dienares enigszins gejaagd naar de tent van de prinses. Tot zijn verbazing werd hij aan de ingang ontvangen door twee dienaressen, die zijn sandalen losgespten en zijn voeten baadden in geurend lavendelwater. Daarna verscheen de prinses zelf en begroette hem met een gezicht, dat straalde als een lentemorgen.

Op hetzelfde ogenblik vergat Bidjan zijn huis, zijn roemrijke jacht en zelfs de wachtende Goergin. De mooie ogen van de prinses hielden hem gevangen.

'Bent u vermoeid?' vroeg ze met een weldadige lach. En haar stem zowel als haar lachende mond vertolkten wat er in haar omging. Ook zij was gevangen door de knappe moedige held.

Muziek van buiten drong mild tot hun oren door, terwijl zij tezamen de tent binnengingen. Drie nachten en drie dagen bleven zij tezamen praten en genieten van feestelijke maaltijden en ze konden geen afscheid van elkaar nemen.

Laat op de derde dag boog Bidjan bedroefd het hoofd. Hij meende zijn terugkeer naar de sjah nu niet langer te kunnen uitstellen.

Nadat Bidjan had meegedeeld naar huis te moeten terugkeren, gaf de prinses ongemerkt haar dienaressen opdracht een slaapdrank toe te voegen aan de wijn, die zij de jonge man een ogenblik later aanbood met de woorden, 'Drink met mij, liefste, voor je me verlaat.'

Bidjan dronk een teug uit de beker – en vlak daarop viel hij op de vloer in diepe slaap. Hij werd in een draagstoel over bergen en door dalen naar het hart van Toeranië vervoerd, waar de hoofdstad van de prinses lag. De dragers wachtten tot de avond inviel en gingen daarna pas met de draagstoel het paleis binnen en dank zij de beschuttende duisternis zag geen oog, dat de prinses aan een gehate Pers onderdak in haar paleis verleende.

Bidjan sloeg de ogen pas op nadat de oude dienares van de prinses een zeldzaam kruid in zijn linkeroor had gestoken.

'Wees niet bedroefd, liefste,' fluisterde de prinses en boog zich over hem heen. 'Ik kon je niet laten gaan. Nu kunnen we voor altijd bij elkaar blijven.'

Hun geluk was van korte duur. Een van de paleisbedienden verried hun geheim. Hij deelde aan de vader van de prinses mee, dat er in het paleis een vijand van het volk verscholen was en de vorst ontstak in drift en gaf bevel Bidjan geboeid voor hem te doen verschijnen. Eer hij het doodvonnis kon uitspreken, fluisterde zijn eerste raadgever hem iets in het oor.

'Overweeg uw besluit deugdelijk, majesteit! De gevangene is een van Chosroes' hovelingen en volgens wat mij ter ore is gekomen, heeft hij zijn opdracht de wilde zwijnen uit te roeien voortreffelijk vervuld. Wanneer de sjah van Perzië te weten komt dat wij hem hebben opgehangen, zal hij een machtig leger zenden om zijn dood te wreken. Is deze zaak de prijs van een oorlog waard?'

De heerser erkende dat zijn raadsman een wijze raad had gegeven. Hij wendde zich tot de kapitein van de wacht en zei, 'Je kent de plaats waar de boze geest Akvan eens een steen uit de zee omhoogwierp zo groot als een toren? Neem duizend ezels en duizend slaven en laat hen die zware steen naar de put trekken, waarin ik de Pers ga opsluiten. Deze steen zal hem beter bewaken dan tien cipiers. Vervolgens zal mijn dochter prinses Manidja uit het paleis worden verbannen. Ze heeft me op mijn oude dag te schande gemaakt, laat ze maar langs de straten gaan bedelen.'

Het gebeurde zoals de wrede vorst had beschikt. Geboeid werd Bidjan in een afgelegen put geworpen en de grote steen werd over de opening getrokken. De schreiende prinses werd uit het paleis verbannen. Zeven dagen en zeven nachten zocht ze naar de put, waarin Bidjan gevangen zat. Toen ze er ten slotte aankwam, groef de met haar slanke tere handen een kleine opening, waardoor ze naar binnen kon kijken en met Bidjan praten.

'O, Bidjan, licht van mijn leven,' riep ze, 'heb geduld terwijl ik hulp haal.'

Niemand herkende haar als de prinses en velen waren er, die het bedelende meisje aan wat voedselresten hielpen. Dat eten bracht ze aan Bidjan. En zo hield de prinses hem in leven met het eten dat haar geschonken werd en ze sprak hem moed in met haar woorden van liefde. 's Nachts legde ze het hoofd tegen de steen, die haar geliefde gevangen hield en sliep daar.

Goergin de verrader, was onderweg naar het paleis van de sjah en vroeg zich af, wat zijn verhaal zou zijn. En toen hij zich bij de sjah liet aandienen, toonde hij de slagtanden, die Bidjan door zijn bekwaamheid en inspanning had veroverd. Hij sidderde innerlijk van angst, maar vertelde op overtuigende wijze het verhaal dat hij bedacht had en zich goed in het geheugen geprent. Bidjan, vertelde hij, had een prachtige hertebok tot diep in het bos nagejaagd en was niet meer verschenen. Hij zelf was degene die de wilde zwijnen had neergelegd en ten bewijze daarvan legde hij de slagtanden over.

De sjah geloofde zijn verhaal niet. Hij trok zich terug in een geheime kamer van zijn paleis, waar hij zijn grootste kostbaarheid bewaarde, een beker met helderziend vermogen. Dit kostbaar kleinood was van goud vervaardigd in een bepaalde vorm, half hond, half vogel, met fonkelende robijnen als ogen en op de flanken de tekens van de dierenriem.

De sjah zette de beker voor zich op tafel. Van een plank nam hij een kruik met ranke zwanehals en onder het aanroepen van Ormoezd, het goddelijk symbool van het goede, schonk hij een vloeistof uit de kruik in de beker. Het oppervlak van die vloeistof vertoonde zich als een gladde spiegel, gereed de waarheid omtrent de verdwenen Bidjan te onthullen.

De sjah boog zich over de beker en keek aandachtig toe, terwijl de planeten zich in grillige banen begonnen te bewegen en magische tekenen zich in de dierenriem vertoonden. Hij boog zich dieper over de beker tot zijn gezicht bijna de vloeistofspiegel raakte en zowaar – van de bodem kwam een beeld op – een dorre landstreek, rotsen, een vlakte, een torenhoge steen. De sjah ving gedempte klachten op en legde zijn oor op de beker. Wat hij hoorde was onmiskenbaar de stem van Bidjan! Geleidelijk viel er meer licht in de put, alsof de grote steen doorzichtig werd, en de jongeman bleek met ketenen geboeid te zijn.

Diep in gedachten kwam de sjah uit de geheime kamer te voorschijn. Was er een held in heel Perzië, die het vijandelijk land kon binnengaan, de steen van Akva wegrollen van de put en Bidjan bevrijden? Alleen de allerdapperste – de grote held Roestem! Vele malen had Roestem Perzië geëerd met zijn roemrijke daden. Slechts hij zou deze opdracht kunnen vervullen.

De sjah zond zijn vlugste koerier naar het huis van Roestem in de verre landstreek Seistan en ontbood de held naar zijn hof. Lang behoefde hij niet te wachten. Roestem verscheen in volle wapenrusting, als altijd bereid te gaan waar anderen door vrees werden weerhouden.

'Een landgenoot bevrijden? Niets zal mij liever zijn, majesteit!' deelde hij de sjah na de begroeting mee. 'Maar speer en zwaard zullen me in dit geval van weinig nut zijn. Een kameel zo zacht als een lam zal beter voor het doel geschikt blijken. Geef me een karavaan in plaats van een leger en een lading gesmeed vaatwerk, tapijten en welriekende zalven, de produkten die ons land vermaard hebben gemaakt. Een koopman met deze Perzische artikelen kan door heel Azië op een goed onthaal rekenen. In Toeranië zijn deze zaken ook zeer in trek, naar u bekend zal zijn. Indien we op deze manier het land binnenkomen, zal de vijand geen argwaan krijgen.'

'Ge krijgt al wat ge gevraagd hebt,' zei de sjah. 'Pas list, kracht, verraad en brutaliteit toe om Bidjan te bevrijden!'

Met spoed werd de karavaan opgesteld en men vertrok uit de hoofdstad naar de Toeranese grens. Roestem en zijn vrienden, gekleed in koopmansgewaden, zagen er zeer betrouwbaar uit. Er werd hun aan de grens dan ook niets in de weg gelegd, ongehinderd konden ze hun tocht voortzetten. Al gauw voerde hun weg langs de torenhoge steen, maar zij bleven er niet bij staan.

Het dal weergalmde van hoorngeschetter en belgerinkel, terwijl de koopman en zijn drijvers te paard op en neer reden langs de stoet kamelen om te zien of alles in orde was. Buiten de stad Chotan, omringd door dikke muren en een fort dat de poorten bestreek, kwam de karavaan ten slotte tot staan. De Perzische grens was niet ver, maar dichterbij was Bidjans gevangenis.

Zoals welgestelde kooplieden gewend waren betrok Roestem een groot huis in de stad met zijn personeel en zeven van de dapperste jongemannen van het hof van de sjah, die als kameeldrijvers waren vermomd.

De morgen na hun aankomst liet Roestem de balen openmaken en de handelswaar op de markt uitstallen. Het nieuws dat er kostelijke stoffen en fraaie sieraden door de Perzische karavaan waren aangevoerd, verspreidde zich snel. Het kwam ook de trouwe prinses Manidja ter ore.

Over de rotsachtige vlakte, begroeid met doornstruiken, begaf ze zich naar de poorten van Chotan. Velen oogden het haveloze meisje vol deernis na, maar ze bereikte het huis waar de Perzische kooplieden verbleven. Haar schoonheid opende de deur voor haar en groot was de verbazing van Roestem, toen ze voor hem verscheen.

'Ik wens u goede zaken in deze stad, koopman,' zei de prinses, 'en rijke winsten! Er komen blijkbaar veel Perzen naar ons land met de kleinodiën en de armbanden, waarop onze vrouwen zo verzot zijn. Maar ze konden beter met een legermacht komen om het leven te redden van een van Perzië's grootste helden, die in een put wegkwijnt.'

Manidja onthulde daarop Roestem wat er zich had voorgedaan en dat haar liefde de oorzaak zou worden van Bidjans dood.

'Wat u me daar vertelt, zegt me niets. Ik ken geen Bidjan, die een Perzisch held zou zijn. Ik ken alleen de waarde van mijn koopwaar,' antwoordde Roestem met effen gezicht, want hij wilde eerst weten wat hij aan het haveloze meisje had. Hij voegde eraan toe, 'Overigens zal ik u wel wat te eten geven voor die gevangene, die er blijkbaar zo slecht aan toe is.' Hij liet een gemeste gans braden in een korst van deeg. Zodra het gerecht klaar was, doorboorde Roestem ongemerkt de deegkorst en drukte er zijn zegelring door, waarna hij de korst weer sloot. Hij gaf de gebraden gans aan Manidja met de woorden, 'Breng je gevangene dit maar. Wees hem een steun in zijn grote nood. Een standvastige trouwe liefde wordt steeds beloond.'

En Manidja keerde terug naar de put en liet het geschenk van Roestem neer aan de voeten van Bidjan, waarna ze hem verslag deed van haar gesprek met de koopman.

Nadat hij iets van de deegkorst had afgebeten, voelde Bidjan de ring en herkende hem als het eigendom van Roestem.

'Je hebt zware offers gebracht voor je liefde jegens mij, Manidja,' fluisterde hij. 'En nu Roestem zo dicht bij is, herleeft mijn hoop. Gebruik je laatste krachten om nog eens naar de koopman te gaan. Zeg hem: "Held en vriend van de goden, bent u niet de heerser en gebieder van Raksja?" '

Manidja begreep niets van wat Bidjan zei, maar ze begaf zich dadelijk op weg naar Chotan om de boodschap over te brengen. Nadat hij het bericht van Bidjan had ontvangen, zei Roestem, 'Ik ben er nu van overtuigd dat u de waarheid spreekt, prinses. Bidjans leven lag in uw handen en ligt dat nog. Raksja is de naam van mijn trouwe paard, ik ben zijn gebieder. Ik kan Bidjan evenwel niet zonder uw hulp bevrijden. Luister aandachtig naar wat ik u ga zeggen. Ga in allerijl naar Bidjan terug. Ontsteek een vuur bij de put, zodra de duisternis invalt. De gloed van de vlammen zal ons de weg wijzen.'

Manidja beloofde dit en hoewel haar benen haar nauwelijks meer wilden dragen, wist ze de put te bereiken. Eer de duisternis de wegen aan de blik onttrok, had ze haar vuur aangelegd.

Roestem en zijn mannen wachtten al op een lage heuvel buiten de stad. Zodra het volslagen donker was, ontwaarden ze de gloed van Manidja's vuur en galoppeerden in die richting weg. Bij de hoge steen brachten ze hun dampende paarden tot staan, sprongen uit het zadel en de zeven jonge helden stelden zich rondom de steen op. Op Roestems bevel riepen ze hun indrukwekkende krachten in het geweer. Het zweet droop hun van het voorhoofd, de aderen in hun hals puilden uit van de inspanning, maar er kwam geen beweging in de steen. Daarop sprong Roestem van zijn paard, zette het dikke eind van zijn knots onder de steen en gebruikte hem als koevoet. De steen wankelde en kwam traag omhoog van de grond. Met een enkele krachtig stoot wierp de krijger de steen omhoog en slingerde hem over de heuvels weg tot in de bossen van China.

Roestem liet een sterk koord in de put zakken, Bidjan greep het en werd naar boven getrokken.

'Die donkere kuil,' zei Bidjan, 'had mijn graf kunnen worden zonder jou, nobele Roestem.' Hij keerde zich om naar Manidja en strekte de armen naar haar uit.

Roestem liet het paar twee reservepaarden bestijgen en de kleine groep galoppeerde naar de stad terug. Als ervaren veldheer had de held alles tevoren in gereedheid gebracht.

Snel werd het paar in de kledij van zwervende herders gestoken en ze kregen stoere maar snelle paardjes als rijdieren. En terwijl de stad nog sliep, bracht Roestem zelf hen naar de poort en hielp hen op weg.

De volgende morgen merkten de stedelingen tot hun teleurstelling, dat de montere kooplieden gingen vertrekken en Roestem, die ook van zijn kant blijk gaf met spijt afscheid nemen, kwam ongehinderd de poort uit.

En zo redde Roestem, de grootste held, Bidjan en de beelschone prinses, die haar liefde voor Bidjan hoger had geacht dan alle familiebanden. Ze traden met grote praal in het huwelijk en vestigden zich met instemming van de sjah vlak bij zijn paleis.

DE REDDER IN DE NOOD

Er was eens een sjah, die meer zorg voor zijn schatten had dan voor zijn land. Voor een fraai gesneden smaragd kon een onbekwame luitenant generaal worden en voor een snoer parels kon een veroordeelde dief zijn vrijheid herkrijgen. Sadi, de aangestelde bewaker van de koninklijke schatkamer, was de voornaamste beambte in het paleis en wat hij beweerde was voor de sjah van meer gewicht dan de raad van al zijn raadsheren.

Toen zijn vrouw hem een zoon schonk, wist de sjah niet beter te doen dan de jongen door Sadi te laten opvoeden. 'Laten de professoren en die eigenwijze onderwijzers zich maar bij hun boeken houden, 'zei de sjah. 'Ze zijn geen van allen waardig mijn erfgenaam op te voeden. Mijn bewaker van de schat is de enige, die berekend is voor deze taak. Indien hij zijn zorgen al zo voortreffelijk aan mijn schat weet te wijden, zal de jonge prins stellig geen zorg te kort komen.'

En zo gebeurde het, dat Sadi volledige zeggenschap kreeg over de zoon van de sjah. Maar Sadi was niet minder bezeten van de kostbaarheden en edelstenen dan zijn vorst. Ze beheersten zijn gedachten en in plaats van zijn leerling te onderwijzen in de geheimen van het uitspansel en de loop van de sterren, hem te leren dat de aarde verdeeld was in oceanen en continenten en dat er mensen in andere landen woonden, sprak hij alleen over aardse rijkdom. Het duurde dan ook niet lang of de prins dacht alleen nog aan ringen, armbanden en sierspelden, bezet met kostbare stenen.

Op zekere dag kwam Sadi ter ore dat een Joodse handelaar uit de verre stad Konstantinopel in hun woonplaats was aangekomen en zijn intrek in de herberg had genomen. Deze Joodse koopman bood een zeer bijzondere collectie edelstenen te koop aan. Sadi stelde zijn pupil dadelijk van de komst van deze man op de hoogte, in de hoop dat de prins hem een passende beloning voor zijn inlichting zou geven.

Maar zoals vaker voorkomt, het ging niet zoals hij verwacht had. De zoon van de sjah bracht een bezoek aan de Joodse koopman, verzocht de edelstenen te mogen zien en bood de handelaar de helft van de door hem gevraagde prijs. De onfortuinlijke koopman weigerde te verkopen en prins en handelaar kregen het geducht met elkaar aan de stok. Op zeker ogenblik trok de zoon van de sjah, opgehitst door Sadi die hem vergezelde, zijn zwaard en bracht de vreemdeling een zware slag toe, waaraan hij even later stierf.

Toen het doodsbericht van de Joodse koopman de sjah ter ore kwam, was hij buiten zichzelf van toorn. Zonder plichtplegingen liet hij zijn zoon in de gevangenis werpen, terwijl Sadi al zijn bezittingen verbeurd hoorde verklaren en hij zelf uit de stad werd verbannen.

Zonder doel door de streek zwervend bereikte Sadi tegen het vallen van de avond een eindeloos lijkend bos, waarin hij verdwaalde. Tevergeefs trachtte hij tussen de dichte begroeiing de weg terug te vinden en daarbij liep hij over een diepe kuil, afgedekt met een licht vlechtwerk van takken. Het was de val die een jager voor wilde dieren had opgezet, en Sadi viel erin.

Bij het eerste ochtendgloren kwam Sadi met afschuw tot het besef in welke gevangenis hij was opgesloten, want hij ontdekte de kuil te delen met een leeuw, een aap en een slang! Zijn eerste gedachte was dat de leeuw hem zou verscheuren, maar het dier stak geen klauw naar hem uit.

Sadi bedwong zijn angst en trachtte rustig na te denken. Veel verder kwam hij daarmee niet, daar het hem duidelijk werd dat hij, ook als de leeuw hem spaarde, van honger zou omkomen.

Terwijl diepe wanhoop hem overviel daar tussen de aap, de slang en de leeuw, werd over de rand van de put het hoofd van een man zichtbaar.

'O, vriend, ge zijt me door de hemel gezonden in het uur van mijn bangste nood!' riep Sadi. 'Aanschouw mijn ellende, brave man, en red me van dit gruwelijk lot!' Het was alsof de man zich had voorbereid, want hij haalde een opgerold touw uit zijn zak en liet het in de kuil zakken. Maar de aap deed er het eerst een greep naar en werd dan ook door de onbekende opgehaald.

'Ooit zul je er dankbaar voor zijn, dat je het leven van een simpele aap hebt gered,' zei de aap tegen de voorbijganger. 'Dieren blijven altijd dankbaar. Maar als je nu ook die man, die bij me in de kuil zat, redt, kun je daarvan nog wel eens spijt krijgen.'

De onbekende schonk geen aandacht aan wat de aap hem toevoegde, maar liet het touw snel voor de tweede maal zakken. Deze keer kwam er een veel zwaarder gewicht aan te hangen en de helper was er dan ook van overtuigd een man op te hijsen. Hij schrok danig, toen hij opeens een woeste leeuw in de ogen keek!

'Wees maar niet bang, brave kerel,' zei de leeuw. 'Wie weet komt er nog eens een dag waarop ik je kan belonen voor het redden van mijn leven. Maar als je beslist ook die mens daar beneden wilt redden, zou hij je wel eens met ondank kunnen belonen.'

De onbekende schonk ook aan de leeuw geen aandacht meer, maar raapte zijn krachten bijeen voor een laatste poging. De koning der dieren verdween tussen het hoge gras.

Deze keer was het de slang, die zich om het touw kronkelde, voor Sadi het kon grijpen. Hij werkte zich snel naar boven. Zodra zijn platte kop en gespleten tong boven de rand verschenen, keek hij de onbekende aan met die starre blik, die wilde beesten doet verlammen.

'Mag ik je een raad geven,' zei de slang. 'Laat die man daar beneden aan zijn lot over, als je geen slachtoffer van zijn ondank wilt worden. Als je mij ooit nodig mocht hebben, ik heb mijn hol in de stadsmuur.'

De voorbijganger was een te goedhartig mens om een dergelijke raad op te volgen. Het touw daalde dan ook voor de vierde keer en de voormalige bewaker van de schatkist werd eindelijk opgetrokken uit de put, alsof hij een baal meel was. Zijn dank uitte hij zo uitbundig, dat zijn redder er een kleur van kreeg. Nooit tevoren waren hem zoveel schone beloften gedaan als op dat ogenblik. Sadi legde het snikkende hoofd tegen zijn schouder om zijn dankbaarheid ten volle te tonen en vertelde vervolgens zijn verhaal zodanig, dat het leek alsof hij door de sjah onrechtvaardig was behandeld.

Beide mannen gingen uiteen en de vreemdeling, die een koopman was, verliet het land en vestigde zich elders. Het ging hem zo goed, dat hij rijk werd en terugkeerde naar zijn geboorteland Perzië met buidels vol geld en met zijden stoffen en kostbare artikelen beladen ezels. Hij volgde de weg die hij jaren tevoren gekomen was en die weg voerde door een bos.

'Hee, is dit niet het bos waar ik de schatbewaarder van de sjah het leven heb gered?' riep hij, streek langs zijn voorhoofd en herinnerde zich met een vluchtige lach Sadi's woorden van dank en zijn schone beloften. De aap, de leeuw en de slang herinnerde hij zich nu ook, maar minder goed. Dat waren ten slotte maar wilde dieren geweest.

De koopman was enige tijd verdergereden, toen hij zijn weg versperd zag door een bende rovers, die onverhoeds van tussen de bomen te voorschijn sprongen en zijn paard bij de teugel grepen. Ze dwongen de koopman af te stijgen, beroofden hem van zijn geld en goederen en van zijn ezels. Ze zetten hem hun messen op de keel en zeiden, 'Wat moeten we nu met jou doen? We zullen je moeten doodsteken, want als we je laten leven, stuur je ons de politie van de sjah na. De doden spreken niet.'

Er was er evenwel niet een bij, die tot daden overging. De rovers waren minder moedig dan ze leken. Ten slotte werd er besloten de koopman met een stevig touw aan een oude eik te binden. Nadat dit was gebeurd, verdween de bende in het struikgewas.

'De dood door het zwaard zou een barmhartiger einde zijn geweest dan dit,' dacht de beklagenswaardige koopman. 'Of ik word door de wilde dieren verscheurd of ik sterf van honger.' En hij begon om hulp te roepen.

Zijn kreten drongen door tot de aap, die hij uit de kuil had getrokken. Het dier sprong van tak tot tak en van boom naar boom en vond de eik waaraan de arme man was vastgebonden. Voor de koopman zijn verbazing te boven was, had de aap het touw al doorgebeten en hij was vrij.

'Je bent los, vriend,' riep de aap blij en de koopman sloeg dankbaar zijn armen om de hals van de aap. De aap nam de koopman mee naar de plek, waarhij zijn voorraad noten, in de zon gedroogde vijgen en wilde druiven bewaarde en de koopman stilde zijn honger. Nadat hij genoeg had gegeten, begon hij aan zijn gestolen schat te denken, waarvoor hij zoveel jaren hard had gewerkt.

'Wees maar niet bang,' zei de aap. 'Daar gaan we ook iets aan doen. Wacht hier tot ik terugkom.' De aap verdween tussen de bomen. Hij wist van alle dieren in het bos het best wat er zich daar afspeelde en de schuilplaats van de rovers was hem allang bekend.

Verscholen achter een grote keisteen hield de aap de rovers in het oog, die hun maal kookten en er na het eten op uittrokken voor een nieuwe wandaad. De aap sloop hun schuilplaats binnen. Snel bond hij alle zakken met goud en kostbare stenen aaneen en sleepte ze aan een liaan naar de plek waar de koopman wachtte. De ezels volgden hem met de goederen.

Weer overstelpte de koopman de aap met dankwoorden, nam afscheid van hem en vervolgde zijn weg door het bos. Nadat hij enige afstand had afgelegd, schrok hij hevig van een luid brullen, uitgestoten door een forse leeuw die hem de weg versperde. De koopman schreeuwde van angst en meende dat zijn eind gekomen was. Zijn verbijsterde blik nam evenwel waar, dat de leeuw met de staart kwispelde en daarna verwonderde het hem nauwelijks meer het dier te horen zeggen, 'Eens heb je mijn leven gered. Nu kan ik je belonen door je mee te nemen naar mijn hol, waar je rust en voedsel zult vinden.'

De koopman ging mee, hoewel hij zijn angst maar moeilijk te boven kwam. Om de aandacht van de leeuw af te leiden, begon hij zijn ervaring met de aap te vertellen.

'Het past de koning der dieren niet, minder edelmoedig te zijn dan een eenvoudige kleine aap,' zei de leeuw. 'Ik zal u zo dadelijk een vorstelijk bewijs van mijn dankbaarheid geven.'

Hij bracht de koopman een fraai ingericht hol binnen en verklaarde, 'Al wat ge hier ziet, vriend, beschouw het als uw eigendom. Maak het u gemakkelijk. Maar ik heb een verzoek: beloof me niet te zullen vertrekken, voor ik terug ben van de tocht die ik heb te maken.'

Dat beloofde de koopman aan de leeuw en ze namen afscheid van elkaar. De leeuw had met zijn tocht geen ander doel dan het zoeken van een geschenk voor de koopman in overeenstemming met de waardigheid van een dierlijke vorst, maar hij wist in het geheel niet welk geschenk het moest zijn en waar hij het kon vinden. De leeuw dwaalde wat door het bos en kwam uit bij een kasteel. Hier was lang geleden de jonge prins door de sjah gevangen gezet wegens de moord op de Joodse koopman. Het kasteel dat slechts door een lage muur werd beschermd, stond aan de uiterste rand van het bos. Het kostte de leeuw weinig inspanning over het muurtje te springen; hij deed het en verschool zich tussen wat heesters; hij wilde wel eens weten waar hij zich bevond.

Niet veel later verscheen er iemand om de hoek van het huis en dat was de prins in eigen persoon. Hij had op zijn tulband een sieraad met een saffier zo groot als een duivenei. De leeuw moest de ogen even dichtknijpen, want hij werd verblind door de schittering van deze fraaie edelsteen in het zonlicht. De erfgenaam van de sjah had ook in gevangenschap zijn liefde voor kostbare edelstenen niet verloochend en men had hem bij wijze van gunst deze ene saffier, die een vermogen waard was, laten houden. Hij was er zo aan gehecht geraakt, dat hij de steen 's nachts naast zijn bed had liggen.

'Twee vliegen in een klap!' dacht de leeuw. 'Die jongeman lijkt me een smakelijk ontbijt en die schittersteen is een vorstelijk geschenk voor de koopman.' Hij besprong de prins en sloeg hem met forse klauw tegen de grond. Hij griste de saffier weg, sprong over de muur en wandelde door het bos terug naar zijn hol; ontbijten kon hij naderhand wel doen.

'Kijk eens hoe hij schittert!' riep hij, zodra de koopman hem kon horen. 'Dit is mijn geschenk aan u voor het redden van mijn leven. Moge deze steen uw hart verheugen tot aan het eind van uw dagen!'

Leeuw en man namen hoffelijk afscheid van elkaar en op raad van de leeuw begaf de koopman zich op weg naar de hoofdstad, die niet ver van het bos lag. Daar hoopte hij Sadi te vinden, de man die hij lang geleden uit de kuil had getrokken.

'Al zou hij me alleen maar onderdak voor de nacht geven. Als dieren hun dankbaarheid op zo ontroerende wijze hebben getoond, zal de mens zeker niet achterblijven,' dacht de koopman onderweg. Tegen de morgen bereikte hij de stadsmuren en stuitte bij de poort op een woelige oploop, want 's nachts was de moord op de prins bekend geraakt. Was de beklagenswaardige prins ten prooi gevallen aan een roofdier of hadden dieven hun spoor willen uitwissen door het te doen voorkomen dat de prins door een roofdier was aangevallen, toen ze er met de kostbare saffier vandoorgingen?

De mensen bleven gissen, maar niemand kon zeggen wat er in feite gebeurd was.

Nadat hij enige tijd door de straten had gedwaald, vond de koopman het huis waar Sadi woonde. Hij stiet de deur open en trof Sadi thuis; de man omarmde de koopman met tranen van ontroering. Toen de koopman zich eindelijk uit de armen van zijn gastheer had losgemaakt en de twee mannen achter dampende koppen koffie aan tafel zaten, begon de koopman te vertellen wat hem was overkomen. De aap had hem zijn gestolen bezit terugbezorgd en de leeuw had hem een fraai sieraad met een saffier gegeven, dat waardig was de tulband van de Heerser aller Gelovigen te tooien. Maar het zou niet meevallen een koper te vinden voor zo'n uitzonderlijke edelsteen.

'Ik geloof, vriend, dat jij in deze stad wel het best op de hoogte moet zijn met de prijzen van edelstenen en de kringen, waarin men ze koopt,' zei de koopman nog. 'Ik ben om raad en hulp gekomen, want ik wil de saffier van de hand doen. De steen is veel te kostelijk voor mijn tulband. Overigens heb ik meer aan te bieden dan deze saffier – kijk maar!' De koopman opende de zak, die hij bij zich had. Er rolden grote aantallen juwelen uit, gesmede vaten, parels en andere kostbaarheden en Sadi moest zich aan zijn kruk vastklemmen om niet van verbazing achterover te slaan.

Op hetzelfde ogenblik was het lot van de koopman bezegeld. Sadi had op slag de saffier herkend als het bezit van de vermoorde prins en de juwelen die de koopman in het buitenland had verworven, waren kostbaarheden zoals hij ze altijd graag in zijn bezit had willen hebben.

'Het zal niet moeilijk zijn de koopman de moord op de prins en diefstal van de saffier in de schoenen te schuiven,' dacht Sadi. 'Het hele keizerlijk hof weet immers, dat deze saffier aan de prins heeft toebehoord en de steen is in het bezit van de koopman het meest overtuigend bewijs van diefstal en moord, dat een rechter maar kan verlangen. Of hij wil of niet, de sjah zal me voor dit blijk van trouw moeten belonen en me mijn vroeger ambt teruggeven.'

En zo bereidde de boosaardige Sadi de ondergang van de eerlijke koopman voor, terwijl hij tevens zich bezon op mogelijkheden om zich de kostbaarheden van de koopman toe te eigenen. Hardop zei hij, 'Geen zorgen, je zult meer voor je kostbare stenen krijgen dan je denkt. Laten we beginnen met de saffier. Dat is de duurste steen en hij zal het moeilijkst te verkopen zijn. Geef hem mij mee, ik ga er dadelijk alle juweliers en bankiers in de stad mee af, die in staat zijn er een bod op te doen. Neem tijdens mijn afwezigheid wat rust en zorg dat het je aan niets ontbreekt, kortom – doe alsof je thuis bent.'

De deur was nog niet achter Sadi dichtgevallen, of de schurk repte zich met de saffier naar het paleis van de sjah en vroeg om een audiëntie. 'Zie, majesteit,' riep Sadi, zodra hij tot de sjah was toegelaten, 'is dit niet het kostelijk sieraad met de saffier, dat uw vermoorde zoon droeg? Laat de politie in mijn huis de moordenaar gevangen nemen, hij bevindt zich daar op het ogenblik. Hij kwam me onderdak vragen voor de nacht en ik zag tussen zijn bezittingen dit sieraad schitteren.'

Dadelijk renden de gewapende mannen van de sjah naar Sadi's woning en ze namen de arme koopman gevangen en voerden hem naar de sjah.

'Zeg eens, is dit sieraad van u?' vroeg de sjah. De koopman die niet op de hoogte was van de moord op de prins en ook niet wist hoe de leeuw aan de saffier was gekomen, zei zonder aarzelen, 'Inderdaad. Wilt u hem toevallig soms kopen, majesteit?'

'Jij grove schurk,' zei de sjah buiten zichzelf, 'eerst vermoord je mijn zoon en dan heb je de trieste moed *mij*, zijn vader, de saffier te koop aan te bieden, die je van zijn lijk hebt geroofd! Dief, snoodaard, moordenaar! Jij zult een dood sterven, die mensen zal doen beven waar zij er ooit over horen spreken!'

De sjah gaf bevel de koopman aan een oude ezel vast te binden en door de hoofdstraten van de stad naar de donkerste kerker in de gevangenis te laten sleuren. Daar aangekomen zou hij gemarteld worden voor zijn terechtstelling.

In die duistere kerker had de koopman alle tijd over zijn lot na te denken. Maar hoe hij zijn brein ook kwelde, hij kon wat de jongste gebeurtenissen betreft, maar niet begrijpen wat er in feite aan de hand was en hoe hij in de gevangenis van de sjah was beland.

'Ik moet krankzinnig zijn,' dacht hij ten slotte. 'Al wat me overkomt is een dwaze zinsbegoocheling.' En daarop hield hij het, tot hij werd opgeschrikt door het sissen van een slang.

'Dag, goede man,' zei de slang. 'Nee, kruip niet voor me weg, ik ben de slang

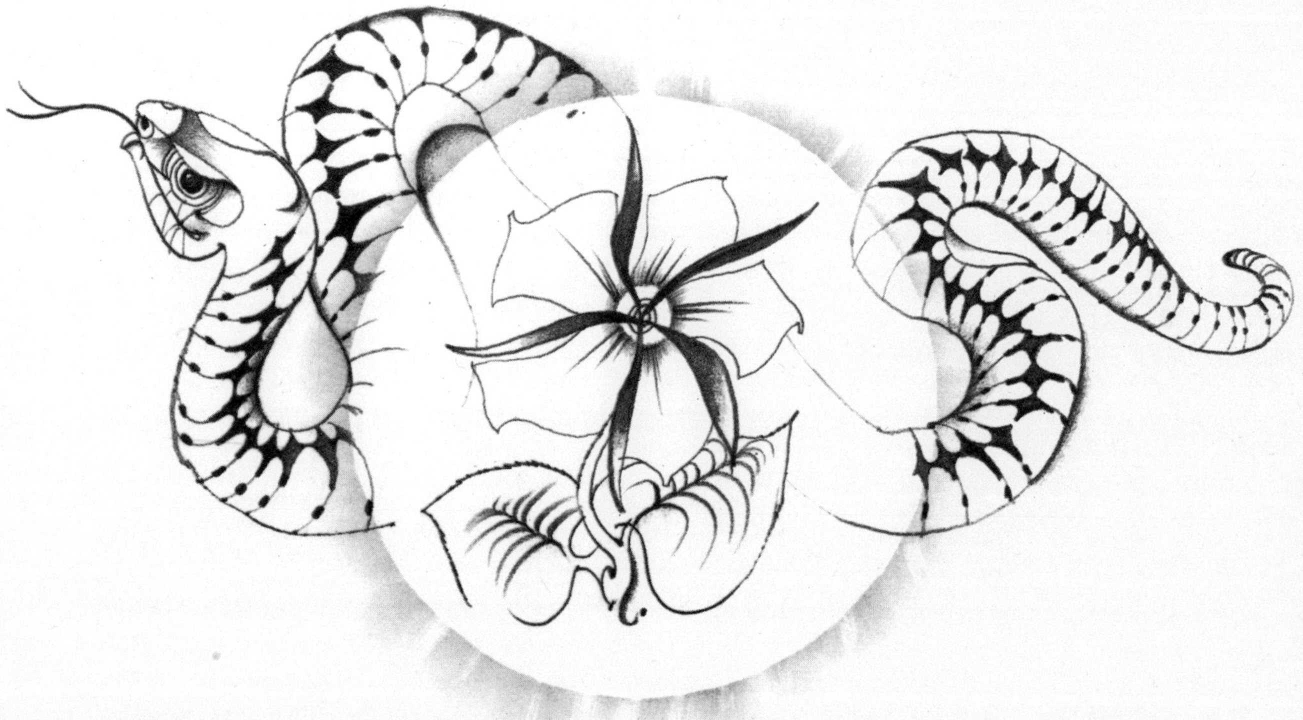

die je eens uit de kuil hebt gered, waarin ik zat opgesloten met een leeuw en een aap en met een man, die Sadi heette. Sadi heeft aan jou zijn leven te danken, maar toch is hij degene die je hier met zijn leugens en valse beschuldigingen opgesloten heeft weten te krijgen.' En de slang vertelde de koopman op welke manier Sadi hem had verraden. Nadat hij uitverteld was, zei hij nog, 'Als je mijn raad had opgevolgd en die kerel in de kuil had laten zitten, zou je nu niet in deze duistere kerker liggen.'

'Och, vriend,' kreunde de koopman. 'Ben ik er nog niet slecht genoeg aan toe zonder verwijtende woorden? Geloof me, als ik weer langs die kuil zou komen en weer iemand om hulp zou horen roepen, dan zou ik weer een touw laten zakken en hem ophalen.'

'Zelfs als ik tegen je zou zeggen, dat het een schurk en bedrieger was?'

'Ja, zelfs dan en al had ik alle redenen je te geloven. We mogen niet weigeren een medemens in nood te helpen.'

'Ik begrijp je niet,' zei de slang. 'De wetten van de mensen zijn wel heel anders dan de wetten van de dieren. Goed dan, maar op het ogenblik moet je aan jezelf denken, hoe je je leven kunt redden en hoe je de sjah kunt overtuigen van je onschuld.'

'Maar wat kan ik in de gevangenis beginnen? Je ziet zelf, dat ik er flink van langs heb gehad en tot niets meer in staat ben.'

'Toen je mij hielp, heb ik beloofd jou te zullen helpen,' zei de slang, 'als dat ooit nodig zou zijn. Nu kan ik eindelijk die belofte waarmaken en, om het zo maar uit te drukken, ik zal nog listiger zijn dan die slimme Sadi.'

De slang siste doordringend en verdween. Tegen de avondschemering kwam hij terug met een zeldzaam kruid in de bek. De koopman had zijn hele leven dat soort bladeren nog niet gezien, met zo'n bloem die in het maanlicht glansde.

'Neem dit kruid,' zei de slang. 'Het is het enige ter wereld dat een tegengif bevat tegen het gif, dat ik even geleden in het bloed van de dochter van de sjah heb gespoten. De jonge prinses, de oogappel van haar vader, vergaat op het ogenblik van pijn. De sjah weet zich geen raad. Als je met dit kruid komt, kun je het leven van de prinses redden. Leg het maar op de wondjes die door mijn giftanden zijn veroorzaakt en dan zal de prinses ogenblikkelijk genezen. Uit dankbaarheid zal de sjah de misdaad vergeten waarvan men jou beschuldigt.'

'Geloof me vriend, het gaat me niet om eer of roem, niet eens om bezit, maar mijn leven is me dierbaar,' zei de koopman en hij nam het wonderkruid in ontvangst.

Luid begon hij om de bewakers te roepen en toen ze kwamen, vertelde hij hun dat hij de prinses kon genezen. Hij werd dadelijk naar haar kamer gebracht en in bijzijn van de sjah legde hij het kruid op de beet van de slang. Vrijwel dadelijk verdween de koorts, de prinses sloeg de ogen op en lachte even.

'De vreugde van uw hart is gespaard, majesteit,' zei de koopman, 'maar ik zal het leven laten onder beulshanden. Uw rechtvaardigheid is te groot, heerser der gelovigen, om het bloed van een onschuldig man te laten vergieten. Ik heb uw zoon niet vermoord. Sadi, de voormalige schatbewaarder in uw dienst, heeft me ten onrechte van dit misdrijf beschuldigd om uw gunst te herwinnen.' De koopman deed verslag van het verraderlijk gedrag van Sadi aan de hand van wat hij zelf wist en van wat de slang hem had gezegd.

En de sjah geloofde hem. Sadi werd aan de beul uitgeleverd om de straf te ondergaan, waartoe de eerlijke koopman was veroordeeld. De sjah overstelpte de man, die met zijn goedhartigheid de genegenheid van dieren als de leeuw, de aap en de slang had gewonnen, met rijkdommen en eerbewijzen.

Nog vaak zocht de koopman zijn drie dierlijke vrienden op en ze bezochten ook hem. De koopman leefde gelukkig en werd niet alleen vermaard door zijn vriendschap met dieren, maar ook door de wijze raad die hij gaf aan de sjah, die onder zijn leiding ten slotte zijn dorst naar goud en kostbaarheden vergat en als mild en nobel vorst zijn rijk regeerde.

DE PERZISCHE KAT

Te Nisjapoor woonde eens een arme weduwe, die een kleine weesjongen in huis nam voor de gezelligheid en ook om op haar oude dag enige steun te hebben.

De kleine Ekbal groeide op tot een knappe jongeman, hoffelijk en doortastend en alle vrouwen uit de stad waren afgunstig op de weduwe. Met geluk alleen kan men overigens de maag niet vullen en de provisiekast van de weduwe was doorgaans

leeg. Als die twee zich 's middags een maal eten veroorloofden, hadden ze 's avonds niets en als ze 's avonds toch aten, bleef er niets over voor de volgende dag.

Nu waren er weinig mensen in Nisjapoor, wie het naar de vleze ging. De meesten leefden van de hand in de tand en op straten en pleinen, op de bazaars en bij de waterfonteinen spraken de mensen over niets anders dan de rijke stad Kasjmir. Geen landstreek ter wereld kon vergeleken worden met dat deel van het land in het noorden van India, werd er beweerd. In Kasjmir hadden ze altijd vakantie; de mensen aten er overvloedig en hadden van ziekte of armoede geen weet. Er werd zelfs verteld dat de straatstenen er van goud of zilver waren en dat er juwelen in de rivierbeddingen lagen in plaats van gewoon zand.

'Jammer toch dat Kasjmir zo ver weg ligt!' zeiden de bewoners van Nisjapoor zuchtend. 'We zouden al die heerlijkheden zo graag eens met eigen ogen zien!'

Ekbal, de knappe jongeman, hield de adem in bij dergelijke verhalen. Hij zon altijd op middelen om naar Kasjmir te komen. Als hij maar een paar van die gouden stenen uit de straat kon halen, als hij maar een kleine zak kon vullen met de juwelen op de rivierbodem, dan kon hij zijn pleegmoeder die zoveel voor hem had gedaan, gelukkig maken. Met die kostbaarheden zou zij een onbezorgde oude dag tegemoetgaan.

Hij kon het idee ten slotte niet meer van zich afzetten en 's nachts zag hij Kasjmir in zijn dromen voor zich als een sprookjesland van puur geluk. Erg was het als hij daarna wakker werd. Op zekere morgen toen er zelfs geen droog stuk brood in huis was, greep de jongeman zijn stok en ging naar de deur.

'Moge Allah over u waken en u gezond doen blijven tot ik terugkeer,' zei hij tegen de oude vrouw.

'Waar ga je heen?' vroeg de weduwe.

'Naar Kasjmir,' antwoordde de jongen.

'Och, arme jongen, de honger heeft je van je verstand beroofd! Weet je wel, wat je op zo'n tocht te wachten staat? Je zult omkomen met niets dan die stok in je hand!'

'Ik weet wat ik wil, en wie dat weet is tegen veel ontbering bestand, vertrouw daar maar op,' zei Ekbal.

Teder nam hij afscheid van de oude vrouw en verliet de stad langs de weg, die naar Kasjmir leidde. Nadat hij omstreeks vier mijl had afgelegd, bleef hij staan op een overschaduwde plek, waar hij wat zou kunnen rusten en de riemen van zijn sandalen aanhalen. Terwijl hij om zich heen keek, merkte hij van achteren te worden ingehaald door een lange karavaan met talrijke ezels, muildieren en drijvers onder aanvoering van een man op een forse hengst. Zodra deze man Ekbal in het oog kreeg, wenkte hij de jongen naar zich toe en begon hem uit te horen.

'Waar ga jij naar toe, m'n jongen, met een stok tweemaal zo lang als jij?'

'Naar Kasjmir, meneer, antwoordde Ekbal. 'Hoe lang is dat nog lopen?'

'Naar Kasjmir?' riep de aanvoerder en hij keek met een luide schaterlach om naar zijn mannen. Allen hielden de teugel in en de lange karavaan kwam tot rust als een slang, die zich in de middagzon ligt te koesteren.

'Naar Kasjmir!' De naam plantte zich voort van drijver tot drijver en het schaterlachen deed de hele karavaan galmen.

'En je bent er zo maar op uitgetrokken, alsof je een van je buren gaat bezoeken? Nou, het is vijfhonderd mijl naar Kasjmir,' zei de aanvoerder.

'Ik kom er wel, reken maar,' zei Ekbal.

'Wie moed heeft, heeft meestal het geluk ook met zich,' zei de aanvoerder. 'Zeg, weet je dat deze karavaan op weg is naar diezelfde stad? Je lijkt me een aardige jongen en je kunt met ons meerijden.'

De aanvoerder gaf een van zijn mannen opdracht Ekbal op een ezel te zetten en de karavaan vervolgde de tocht naar de bergstreken. De weg kronkelde zich steil langs de hoge hellingen omhoog en daalde vervolgens weer af. Snelle woelige beken moesten worden overgestoken en nu en dan zakte een van de lastdieren van vermoeidheid ineen, maar ten slotte hoorden allen de aanvoerder roepen, 'We hebben Kasjmir eindelijk bereikt. Allah zij geprezen!'

Zodra hij dat hoorde, sprong Ekbal van zijn ezel en stormde naar een naburige rivier. Hij keek in het water en zag, dat er op de bodem gewoon zand lag, zeker geen edelstenen.

De volgende dag bereikte de karavaan de muren van de grote stad en Ekbal dacht, 'Ik moet snel de stad Kasjmir binnen zien te komen om die met goud geplaveide straten te zoeken.'

Nadat hij met dankwoorden afscheid had genomen van de karavaanleider en zijn mannen, sloop Ekbal de stadspoort binnen. Goud en zilver zag hij evenwel alleen achter de getraliede windelramen van de juwelierszaken en de straten waren met stenen geplaveid, net zulke stenen als in Nisjapoor. Goed beschouwd waren deze stenen zelfs pijnlijker aan de voeten dan die in zijn geboortestad.

Tegen het vallen van de avond begon Ekbal de honger pijnlijk te voelen. 'Het is gek,' dacht hij, 'iedereen zei dat de mensen in Kasjmir nooit honger hebben, nu ben ik hier en ik verga van de honger.'

Hij bleef door de straten dwalen en werd ten slotte door een duizeling overvallen; alles werd hem zwart voor de ogen en zijn knieën knikten. Hij strompelde naar een naburige stenen bank, ging zitten met het hoofd in de handen en dacht, 'Ik wou dat de wind me in zijn armen nam en terugbracht naar mijn eigen stad. Goede oude vrouw, zou ik je ooit nog terugzien?'

Tranen van ontgoocheling stroomden hem uit de ogen. Terwijl hij daar zat kwam er iemand voorbij; het was de kok uit een van de naburige grote huizen. Hij kwam terug van de markt en had een mand eieren en groenten in de hand en een forse lamsbout op de schouder. Hij kreeg erg in de jongen en riep, 'Hee, wat voer jij daar uit?'

'Niets. Ik moest even rusten,' was het antwoord.

'Dan zou ik nu maar opstaan en doorlopen! Die bank staat daar niet voor zwervers!'

Ekbal stond op en de honger deed hem wankelen op zijn benen en zodra de kok het huis was binnengegaan, liet hij zich weer op de bank vallen. De kok was hem overigens niet vergeten. Even later keek hij door een raam naar buiten. Zodra hij zag dat de jongen weer was gaan zitten, begon hij woedend te schelden en zijn stem was door de hele straat te horen.

'Maak dat je wegkomt!' bulderde hij, 'of ik zal je een emmer vuil water boven je hoofd omkeren, zo zeker als er vanavond lamsbout op tafel komt!'

'En zorg dat die niet aanbrandt zoals de vorige keer!' zei een boze stem boven de stroom scheldwoorden uit. Dadelijk hield de kok zijn mond en zijn boze gezicht kreeg een onderdanige uitdrukking, want hij was op zijn nummer gezet door de heer des huizes, die uit de binnenstad huiswaarts kwam. Het was een van de voornaamste kooplieden in Kasjmir en hij werd algemeen geacht om zijn mildheid en wijsheid. 'Zeg, wat is hier eigenlijk aan de hand?' vroeg hij op strenge toon.

'Ach, meneer, die zwerversjongen daar blijft maar op uw bank zitten en wil niet doorlopen. Ik schreeuw mijn keel schor om hem weg te krijgen,' antwoordde de kok nijdig.

'Waar kom je vandaan, jongen?' vroeg de koopman en hij keek Ekbal vriendelijk lachend aan, zodat de jongeman weer wat zelfvertrouwen kreeg.

Haastig en openhartig vertelde Ekbal de koopman met de grijze baard van zijn moeizaam bestaan in Nisjapoor en waarom hij van huis was gegaan om fortuin te maken en zijn arme pleegmoeder een onbezorgde oude dag te geven. 'Ik had maar een paar edelstenen van de rvierbodem willen meenemen en ik zou de meest versleten gouden straatstenen hebben genomen,' zei hij.

De heer des huizes moest om hem lachen en zei, 'Ik denk, dat je wel een paar flinke zakken en geldbuidels bij je zult hebben!' Hij voegde eraan toe, 'Ga maar mee naar binnen, jongen. Je bent een dappere knaap. Je kunt bij me blijven tot je geleerd hebt, dat je zelfs hier zonder werken niet aan de kost komt. Als je wilt kun je koksjongen bij me worden.'

Ekbals zorgen vielen van hem af en hij struikelde haast over zijn dankwoorden. De ogen van de kok waren boosaardig gaan glinsteren, zodra hij het aanbod van zijn baas aanhoorde. Hij had op het eerste gezicht het land aan de jongen gekregen en het eerste karwei dat hij Ekbal opdroeg, was het schoonmaken van het beroete fornuis. Zodra dat klaar was, liet hij hem harde houtblokken kleinzagen. Ekbal deed ijverig wat hem opgedragen werd en mopperde niet, maar hij kon het de kok niet naar de zin maken.

'Luie vlegel die je bent! Eten en slapen, dat is het enige waaraan je denkt, werken, ho maar...' schold de dikke kok de hele dag en als hij de kans kreeg, gaf hij Ekbal in het voorbijgaan een klap met een lepel of sloeg hem met een natte vaatdoek om de oren.

'Dat is niet uit te houden,' dacht Ekbal al gauw. 'Ik loop hier weg en probeer ergens anders aan de slag te komen.'

Op zekere morgen toen de kok weer zijn wrede spel met Ekbal speelde, kwam de dochter van de koopman de keuken binnen. Het meisje heette Rochsare en ze had een lief lachend gezichtje en een zacht karakter.

'Durf je wel, die arme jongen te slaan!' riep ze, toen ze de gang van zaken had begrepen. 'Als je hem nog eenmaal aanraakt, zeg ik het tegen vader en dan jaagt hij jou het huis uit.'

Daarna begon de kok Ekbal te haten, maar hij durfde hem niet meer aan te raken. Maar zoals het vaak gaat, de ene moeilijkheid werd gevolgd door de andere. Muizen overstroomden het zolderkamertje, waar Ekbal sliep. Hij had zich nog niet in zijn bed uitgestrekt en het licht gedoofd, of ze kwamen bij honderden te voorschijn uit hun holen, klommen tot in zijn bed en joegen hem de stuipen op het lijf.

Hij kreeg 's nachts geen rust meer en zijn oogleden waren gezwollen en zijn ogen met bloed doorlopen van het gebrek aan slaap. Overdag deed hij als een automaat zijn werk en hij kon aan niets anders meer denken dan aan muizen, muizen, muizen!

Op een morgen viel het Rochsare op, dat hij er slecht uitzag en ze vroeg, 'Wat scheelt jou, Ekbal? Kun je 's nachts niet slapen?'

De arme jongen vertelde hoe het er met hem voorstond en ze zei, 'Is dat alles? Daar is wel wat tegen te doen. Ga morgen naar de bazaar en koop een felle kat om bij je te houden. Voor je het weet is de laatste muis uit je kamertje verdwenen, dat beloof ik je!'

Ekbal volgde haar raad op. Hij schafte een mooie Perzische kat aan en liet het dier 's avonds in zijn kamer los. Vier muizen vielen ten prooi aan de scherpe klauwen en daarna durfde geen muis zich meer vertonen. Ekbal en de kat hechtten zich aan elkaar en hadden het samen bijzonder gezellig, tot op zekere dag Kassim zijn regelmatig bezoek aan het huis kwam brengen, wat hij eenmaal per jaar deed.

Bij elk bezoek kreeg hij van de koopman, zijn gezinsleden en al zijn personeel artikelen mee, die zij in andere landen wilden verkopen. Kassim bracht die goederen aan boord van zijn schip in de naburige haven, dat gereed lag voor vertrek naar vreemde kusten. Een jaar later kwam Kassim dan terug naar het huis van de koopman om het geld af te dragen dat hij voor de goederen had ontvangen en een kleine provisie voor zichzelf op te eisen.

Ook deze keer schoten alle bewoners van het huis toe om hem te verwelkomen. 'Laat ieder die iets te koop heeft, het voor Kassim halen,' riep de koopman en klapte in de handen.

Het duurde maar even of het personeel kwam aandraven met gewaden en stoffen en sjaals in fraaie kleuren, met gesmede kannen en schalen, kostelijk ingelegd met zilver en met ivoren zwaarden en degens, waarvan de gevesten met edelstenen waren bezet.

Het huis weergalmde van de luide mannestemmen en de hoge vrouwestemmen en er werd druk door gangen en langs trappen gedraafd. Rochsare zocht naar Ekbal, maar vond hem niet – het was alsof hij niet gemerkt had wat er gaande was. Ze stuurde ten slotte een bediende naar de keuken om hem te halen. 'Ekbal, heb je niet een of ander te verkopen?' vroeg ze. 'Kassim zal het voor je meenemen en je later het geld ervoor betalen.'

'Nee, ik heb niets te verkopen,' zei Ekbal.

'Haal de kat dan maar!'

Ekbal klom naar zijn zolderkamer en haalde de kat, maar toen hij met het dier in een grote tenen mand terugkwam, werd hij uitgelachen. 'Die koksjongen toch! Die wil gauw rijk worden!'

Kassim wilde aanvankelijk de kat niet hebben, maar Rochsare sloeg de armen om de hals van haar vader en vroeg hem lief, Kassim de kat toch te laten meenemen.

Rochsare was de enige dochter van de koopman en hij weigerde haar zelden iets. Hij wist Kassim over te halen de mand met de kat aan boord te nemen met alle andere goederen, die hij in ontvangst nam.

De avond nadat Kassim op bezoek was geweest, kreeg Ekbal een overstelpend gevoel van heimwee naar zijn kat.

'Hoe heb ik je weg kunnen doen!' zei hij zuchtend. 'Hoeveel geld je ook opbrengt, het zal mij de eenzaamheid niet kunnen vergoeden!'

Haast huilend liet de jongen zich op zijn bed vallen en hij kon aan niets anders denken dan aan het lot van de kat, van wie hij zoveel hield.

De volgende dag sloop Ekbal door het huis met zo'n wanhopig gezicht, dat Rochsare dadelijk vermoedde wat hem scheelde. Ze drukte hem ongemerkt een paar zilverstukken in de hand en fluisterde, 'Ga naar de markt, Ekbal, koop een nieuwe kat.'

De jongen fleurde wat op en hij ging naar de markt en kwam terug met een jong katje, dat haast dezelfde kleur had als de eerste kat.

Er lag die nacht weer een kat in de kamer van Ekbal te spinnen en terwijl de maanden verstreken, vergat Ekbal bijna zijn eerste harige vriend. Toen er een jaar om was, kwam Kassim terug.

De koopman verhief zijn stem en gezin en personeel kwamen bijeen in de grote zaal om Kassim te begroeten en hun geld van hem in ontvangst te nemen.

Kassim hield zijn mond tot iedereen binnen was, liet zijn blik over de aanwezigen glijden en merkte op, 'Ik zie de eigenaar van de kat niet. Waar blijft hij?'

'O o, Kassim wil de koksjongen in het zonnetje zetten!' dachten de overige leden van het personeel en ze begonnen hem te roepen en zochten hem door het hele huis. Ekbal was evenwel op dezelfde gedachte gekomen en weggekropen onder de keukentafel, waar hij zich muisstil hield.

Toch vonden ze hem ten slotte en trokken hem mee naar Kassim, die de andere bedienden hun geld begon uit te betalen, tot ze allen hun aandeel hadden ontvangen – behalve Ekbal.

Kassim keek hem op zonderlinge manier aan, deed een greep achter het beschilderde kamerscherm, waarvoor hij zich opgesteld had en haalde een buidel te voorschijn boordevol edelstenen. Zwijgend gaf hij die buidel aan de jongen. Toen deed hij weer een greep achter het scherm en toonde een buidel vol goudstukken. Voor de derde maal verdween zijn hand achter het scherm en nu had hij een kleine zak zilver, een ring met een diamant en een met robijnen bezette gordel aan de schat toe te voegen. Dit alles had hij zwijgend gedaan, nu zei hij, 'Dat is het, wat ik voor Ekbals kat heb ontvangen.'

Dodelijke stilte viel in de zaal. Allen waren verstomd van verbazing en de monden waren opengevallen. De heer des huizes verbrak het zwijgen met de opmerking, 'Vriend, weet je wel wat je zegt, of hebben mijn oren je niet goed verstaan? Al dat geld en al die edelstenen voor een enkele kat?'

'Dat zei ik toch,' antwoordde Kassim.

'Ik zal vertellen hoe een en ander in zijn werk is gegaan. Toen ik een jaar geleden als gewoonlijk uitvoer naar verre kusten, stak er een zware storm op, die ons schip als wrakhout naar onbekende en niet in kaart gebracht zeeën stuwde. We werden ten slotte op de kust geworpen van een eiland, dat niemand van ons ooit bezocht had. We lieten het anker vallen en zwommen naar land. De bewoners hadden ons rollend schip al gezien en stonden op ons te wachten; ze brachten ons naar hun vorst, die zwart was als de duisernis zelf.

'We bogen ons onderdanig voor de troon van de grote zwarte vorst en beantwoordden naar vermogen zijn vragen.

'Wat we vertelden leek hem wel aan te staan en hij wilde onze lading zien. Tevoren bood hij ons evenwel een weelderig feestmaal aan. En daarbij kwamen tot onze schrik en afschuw de muizen opeens in drommen opzetten; ze verslonden het feestmaal en we konden er niets tegen doen. De vorst schonk er nauwelijks aandacht aan en in de veronderstelling dat hij niet goed wijs was, riep ik, 'Hoe kunt u zo rustig aan tafel blijven met die horden muizen om u heen?'

' "We kunnen er niets tegen doen, vreemdeling,' zei de vorst. "Die parasieten kennen geen angst voor de mens en we moeten ze hun gang laten gaan, al zou het me mijn halve schatkist waard zijn, als ik van ze af kon komen."

'Ik dacht aan de kat van Ekbal en stuurde een matroos aan boord om het dier te halen. Met de mand tussen mijn handen ging ik naar de tafel. Ik zette de mand neer en deed het deksel open. Als een wervelwind ging de kat te keer tussen de muizen en het duurde maar even of er was geen muis meer te bekennen! Maar daarbij bleef het niet. Toen de rust was hersteld en de maaltijd kon doorgaan, wist de kat me duidelijk te maken dat ik hem een servet om de hals moest knopen en hij schikte ook aan tafel! De vriendelijke vorst en zijn hofhouding waren sprakeloos; nu ja, ze kenden daar geen katten. De vorst was niet bereid weer afstand van de kat te doen en gaf me niet de helft van zijn schatkist, maar beide helften.'

En zo kwam het, dat Ekbal in Kasjmir toch fortuin maakte. Hij was nu rijker dan zijn werkgever, maar zijn eerste woorden waren, 'Eerlijk gezegd komen al die schatten Rochsare toe, want zij heeft me de raad gegeven een Perzische kat tegen de muizen te kopen.'

'Nee nee, *jij* bent door het lot uitverkoren, Ekbal. *Jij* hebt het geluk mee gehad,' zei Rochsare lachend en daarna verdrongen de overige bedienden zich om de jongen en wensten hem geluk.

Ekbal vertrok naar Nisjapoor om zijn oude pleegmoeder te halen en haar mee te nemen naar Kasjmir. Toen ze de hoofdstad weer hadden bereikt, kocht Ekbal een bescheiden huis voor zichzelf en zijn moeder. Hij verzorgde haar voorbeeldig en haar laatste jaren op aarde bracht ze in gelukkige omstandigheden door.

Op hoge leeftijd stierf ze zonder pijn, tevreden met haar lot. Ekbald rouwde enige tijd om haar, maar hij was jong en had het leven nog voor zich.

Na verloop van tijd trouwde hij met Rochsare en lange jaren leidden ze te Kasjmir een gelukkig bestaan. Ekbals droom was waarheid geworden en in zijn huis lag steeds een Perzische kat te spinnen bij de haard.

DE BOSFEE

Een rijke handelaar had een enkele zoon, Ismat was zijn naam. Deze Ismat was een jongeman met een goed stel hersens en aangename manieren en hij was dan ook nogal geliefd in zijn kring. Als hij vroeg in de morgen ging jagen, haalde zijn snelle

pijl altijd wel een fazant omlaag. Wanneer hij door de vlakte galoppeerde, zag de snelste koerier van de sjah geen kans hem in te halen. En in de schoolklas stond zijn onderwijzer verbaasd over zijn scherpzinnige antwoorden.

Hij had het naar zijn zin bij zijn vader thuis en hij was gelukkig, tot er op een avond een vreemdeling aan hun deur klopte. Zijn sombere blik en de voren in zijn gezicht spraken hun eigen taal, nog eer de man zijn mond had geopend. Het was duidelijk te zien, dat de onbekende het niet gemakkelijk had gehad. De handelaar ontving de man welwillend en gaf zijn kok opdracht een smakelijk avondmaal voor de onverwachte gast klaar te maken. Na afloop van de maaltijd nam men plaats op zachte kussens en er werd over de dingen van de dag gepraat, tot de vreemdeling het gesprek op zichzelf bracht.

'Tijdens de reis die ik achter de rug heb, ben ik verdwaald in een reusachtig groot bos,' vertelde hij. 'Het was een bos zoals ik er nog nooit een had aanschouwd. De hoog opschietende bomen leken tot in de hemel te reiken en de kruinen waren zo dicht en bevonden zich zo vlak bijeen, dat het was alsof ik onder een eindeloos gewelf van bladeren liep. Fel gekleurde vogels sprongen van tak tot tak en vlogen van boom naar boom en de lange veren van hun vleugels glansden in het licht van een zonnestraal, die door een opening in het lover brak.

'Diep in dit bos, toen ik vrijwel mijn krachten had uitgeput en al meende nooit meer een menselijk wezen te zullen aanschouwen, kwam ik uit op een onbegroeide plek en daar stond een mooi huisje. Ik ging er naar toe, ik had weer hoop gekregen. Door het raam keek ik naar binnen. Ik zag een oude vrouw met haar, dat wit was van ouderdom, diep gebogen voor een weefgetouw zitten en ze weefde stof van eigen haren. Telkens als ze zich wat haar had uitgerukt, zag ik voor de verdwenen streng een nieuwe in de plaats komen, die nog witter en zijdeachtiger was dan de vorige.

' "Waarom zit je zo ijverig te weven, oud vrouwtje?" vroeg ik en ging het huisje binnen.

'Bij het geluid van mijn stem keek ze op en nu zag ik, dat het in het geheel geen oude vrouw was, maar een schone jonge fee.

' "Wie kleren maakt van mijn stof en ze draagt, zal nooit of te nimmer sterven," antwoordde ze. Daarna boog ze zich weer over haar weefgetouw. Ik nam afscheid van haar en niet veel later vond ik het pad, dat uit het bos naar dit huis liep.'

De koopman had van verbazing de adem ingehouden en nu zuchtte hij diep. Hij nam zich voor zich zo'n lap stof aan te schaffen. Hij begon zijn gast behoedzaam uit te horen over de juiste ligging van het bos en de plek waar het huisje stond. De vreemdeling leek te begrijpen wat er in hem omging, want hij antwoordde zonder ook maar iets te verbergen, 'Het is twintig dagen rijden en dan hebt u de rand van het bos bereikt. Zodra u de boom ontdekt, waarin de vogel nestelt met de vurige veren, stijgt u af en loopt de vogel na, het bos in. Tienmaal moet u de nacht doorbrengen tussen de takken van taxis, es of eik en dan zult u het huisje van de fee bereiken.'

Bij het aanbreken van de dag steeg de handelaar te paard. Tevergeefs trachtten zijn zoon en zijn bedienden hem over te halen van het zoeken naar de fee af te zien. De handelaar weigerde te luisteren. Hij dacht voortdurend aan de magische stof en aan wat hij daarmee kon bereiken. 'Ik ben vastbesloten,' zei hij en ging door met zijn voorbereidingen.' Wacht maar rustig mijn thuiskomst af.'

Na zoveel lange afmattende dagen in het zadel had de handelaar inderdaad de rand van het grote bos bereikt. En even later zag hij ook de gloeiende veren van de vuurvogel. Trillend van opwinding steeg de handelaar af en gaf zijn paard een harde klap op de schoft. Het paard vloog in galop weg. Te voet volgde hij de vogel, die hem steeds dieper in het bos lokte.

De weken verstreken, de maanden verstreken en Ismat, de zoon van de handelaar, maakte zich steeds bezorgder over zijn vader. De bedienden meenden dat hij door een roofdier verscheurd moest zijn, maar de handelaarszoon besloot desondanks eveneens de tocht te wagen en zijn beminde vader te gaan zoeken. 'Al zou hij door roofdieren zijn verslonden,' zei hij, 'ik zal althans zijn gebeente vinden en het begraven.'

Hij ging op weg en dagen en nachten trok hij door de eindeloze vlakte. Hij vermagerde toen zijn voorraden begonnen op te raken en zijn kleren kregen een haveloos aanzien. Ook hij bereikte de rand van het betoverde bos, maar zijn gelaat en zijn handen waren toen donker verbrand door de verzengende zon en de handelaar zelf zou zijn zoon nauwelijks hebben herkend.

Hij zag er minstens tien jaar ouder uit dan hij in feite was. In zijn ogen lag de weerspiegeling van alle kwellingen en ontberingen, waaraan hij tijdens de lange hardnekkige speurtocht naar zijn vader had blootgestaan. Vaak viel hij en vaak bleek hij verdwaald. En ook gebeurde het dat hij uitkwam op een plek, waar hij uren tevoren al geweest was; hij was dan in een kring rondgelopen. Wat hem op de been hield was de gedachte dat zijn vader in nood verkeerde of gestorven was, de gedachte aan de geest van zijn vader, die geen rust kon vinden zolang zijn lichaam onbegraven bleef.

Ismat dwaalde verder door het bos, overdag liep hij en 's nachts rustte hij uit. Hij voedde zich met sappige wilde vruchten en leste zijn dorst aan de drinkplaatsen van de bosdieren.

De handelaarszoon wist niet meer hoe lang hij al onderweg was, maar hij was vastbesloten niet huiswaarts te keren eer hij zijn doel had bereikt. Eindelijk kreeg hij het huisje in zicht, maar toen was hij al te zeer uitgeput om nog te beseffen dat het eerste deel van zijn tocht achter de rug was. Overigens bleef Ismat, al was hij nog zo vermoeid, op zijn hoede. Het huisje zag er zo aardig en onschuldig uit in de begroeide omgeving, maar had de vreemdeling hun niet verteld dat het bewoond werd door een fee?

Zonder enig gerucht verschool Ismat zich achter een boom en al gauw verscheen er aan de rand van de onbegroeide plek een mooi jong meisje met sneeuwwit haar, gekleed in een wit jurkje. Ze dartelde naar het huisje. Nadad Ismat haar gezien had, zette hij alle angst van zich af en kwam uit zijn schuilplaats te voorschijn.

'Wie ben je en hoe heb je de weg gevonden?' vroeg het meisje verschrikt, zodra hij zich vertoonde.

De handelaarszoon vertelde haar wie hij was en ook, dat hij op zoek was naar zijn spoorloos verdwenen vader. Hij verzweeg niets, hij vertelde geen dingen die niet waar waren. En ten slotte vond Ismat de moed haar onderdak in het huisje te vragen.

Het meisje in de witte jurk greep zijn hand en nodigde hem binnen en ze vertelde, 'Ik woon hier al honderd jaar. De dieren van het bos zijn mijn bedienden. De lynx maalt meel, de beer bakt brood en de otters wassen mijn kleren voor me in de beek hier vlakbij. Ik weet niet wat het is, je somber of eenzaam te voelen. En deze stof, waarvan mijn witte jurk is gemaakt, heeft magische kracht. Het is stof die ik van mijn eigen haar heb geweven. Zolang ik dit draag, blijf ik jong. Alleen mijn haar is in de loop van de jaren wit geworden.'

De zoon van de handelaar boog diep om haar de eerbied te tonen, die haar hoge leeftijd vergde, en de fee zette hem een duif voor, die gestoofd was in een bosbessesaus, hij kreeg wilde aarbeien met room en een honingtaart, waarvan de beer zoveel hield die het brood bakte. Ismat was uitgehonderd geweest en hij bediende zich tot hij geen hap meer naar binnen kon krijgen. De fee bracht hem naar een bed van zachte pelzen en hij viel dadelijk vast in slaap.

Tegen middernacht werd de zoon van de handelaar wakker van schrik, doordat de deur van het huisje werd geopend en een mannetje van ruim een halve meter lang de kamer binnenstapte. Hij droeg op zijn hoofd een muts van glanzende plataanbladeren, zijn voeten staken in schoenen van grote notedoppen en de mantel om zijn schouders was gemaakt van de zilverachtig glanzende bladeren van een jonge eik. Ismat verroerde zich niet, terwijl de dwerg naar de fee aan het weefgetouw schuifelde.

'Nog nieuws in het woud?' vroeg ze.

'Nee, vrouwe,' antwoordde de dwerg met hese schelle stem.

Ismat deed alsof hij nog steeds sliep, maar toen er even later een haas binnenkwam met een wandelstok en een grasmandje, gluurde hij door zijn oogharen. De haas boog diep voor de fee en ze vroeg, 'Kom je nieuws brengen?'

'Er is niets bijzonders gebeurd, vrouwe,' zei de haas.

Ismat bleef zich slapend houden en even later kwam er een grote vette kikker binnen en de fee vroeg hem, 'Zeg, wat heb je vandaag in het bos gezien?'

'Niets bijzonders, vrouwe,' kwaakte de kikker.

Voor de vierde keer ging de deur open en nu sloop een vos naar binnen.

'Waar kom je vandaan?' vroeg de fee, nadat de vos haar kwispelstaartend had begroet.

'Helemaal uit de olifantenwildernis, vrouwe! Wat zijn dat toch dwaze beesten. Geen grein gezond verstand. Toen ik wegging hadden ze ruzie over de lengte van hun slagtanden.'

De fee moest lachen en zei, 'Nou, daarover zullen we ons maar niet druk maken. Olifanten kunnen wel op zichzelf passen. Tegen de morgen zullen ze het ongetwijfeld eens zijn geworden.'

Een vogel vloog door het raam naar binnen en streek neer op de leuning van haar stoel. De veren van de vogel gaven licht en het leek alsof de zon opeens de kamer binnenscheen. De gouden kuif op de vogelkop trilde, toen het dier vertelde:

'Ik vloog rond door het bos en hoorde vlaamse gaaien over een handelaar praten, die door de djinns zou zijn gevangen en behekst.'

'Hoe hebben ze hem behekst?' vroeg de fee.

'Ze hebben toverwater over zijn hoofd gegoten, waardoor hij zijn huis, zijn vroeger bestaan en zelfs zijn enige zoon vergat. Dag en nacht werkt hij voor de koning van de bosgeesten, hij moet bomen vellen, het onderhout uitdunnen, hij moet ploegen en zaaien en hij kan zich maar niet herinneren wat hij vroeger geweest is.'

'Zeg eens, vuurvogel,' zei de fee, 'kunnen we de betovering niet verbreken, die hem tot de slaaf van de bosgeesten maakt?'

'Als een jonge man tegen zonsondergang naar die handelaar zou gaan om hem drie slagen te geven met een tak van de eik, die met zijn kruin het dak van dit huisje beschut en hem vervolgens snel zou besprenkelen met water uit uw put, zou de betovering verbroken zijn,' antwoordde de vogel.

Ismat, die nog lag te luisteren, zuchtte van opluchting: de handelaar over wie de vogel had gesproken, kon niemand anders zijn dan zijn spoorloos verdwenen vader. 'Ik zal de fee vragen me te beschermen en dan ga ik mijn vader verlossen van die kwalijke betovering!' nam hij zich voor en eindelijk viel hij in slaap.

'Ik hoorde vannacht wat de vuurvogel vertelde,' zei Ismat de volgende ochtend tegen de fee. 'De betoverde handelaar moet mijn vader zijn. Laat me proberen hem te bevrijden. Laat mij doen wat er volgens de vuurvogel gedaan moet worden om de betovering te verbreken.'

'Ik zal je beschermen,' beloofde de fee. Ze ging naar buiten, brak een tak af van de eik en liet een fles vollopen met water uit haar put. Tak en fles gaf ze aan de handelaarszoon mee.

'Bewaar tak en fles bijzonder goed,' zei ze. 'Ik zal mijn vos roepen, die zal je naar het rijk van de djinns brengen.'

De vos kwam en Ismat ging op zijn rug zitten en in snelle vaart rende de vos weg. Tegen de middag bereikten ze het rijk van de bosdjinns en op een akker was de handelaar aan het zwoegen. Hij dreef de ploeg de grond in en voor de ploeg waren twee herten gespannen.

'Dat is mijn vader werkelijk!' riep Ismat en vloog op de ploeger af en zijn gezicht straalde van blijdschap. Maar de ploegende man schonk geen aandacht aan hem. Ismat omhelsde hem en dwong hem tot stilstaan en luisteren. 'Ik ben uw zoon!' riep hij steeds opnieuw. Zodra hij merkte niet de aandacht van zijn vader te kunnen trekken, begon Ismat te vertellen over zijn familie, zijn zaak, over de bezorgdheid van zijn personeel en over zijn eigen langdurige speurtocht. Maar het baatte hem niet.

Tranen van woede en teleurstelling sprongen Ismat in de ogen, toen zijn vader hem met wezenloos gezicht van zich afstiet.

'Ik ken je niet, ik heb je nog nooit gezien,' zei de koopman. 'Ik begrijp niets van je verhaal. Huis? Personeel? Bemoei je met je eigen zaken en laat me met rust.' Ismat was de wanhoop nabij. Handenwringend keek hij om zich heen, alsof hij elk ogenblik verwachtte de djinns te zullen zien toeschieten on ook hem te beheksen. Ze bleken evenwel niet in aantocht en die bedreiging bleef Ismat tot zijn grote opluchting dan ook bespaard. De djinns hadden misschien een feestdag, overwoog hij, en dan zouden ze andere dingen aan hun hoofd hebben; misschien achtten ze het ook onmogelijk dat iemand kans zou zien de betovering te verbreken, waarmee zij de handelaar tot hun slaaf hadden gemaakt. Overigens vroeg hij zich af, hoe hij zijn vader moest bewegen de ploeg aan de kant te zetten en met hem mee te gaan.

Op dat ogenblik pas dacht Ismat aan de woorden van de vuurvogel en aan de tak en de fles, die hij van de fee had meegekregen. Hij ging aan de rand van de akker zitten en wachtte vol ongeduld op het invallen van de duisternis. Zodra de zon op de einder stond, sloeg hij zijn vader driemaal met de eiketak en besprenkelde hem met water uit de put van de fee. Plotseling waren ze in een donkere nevelwolk gehuld, een stormvlaag joeg het zand op in zuilen, die tot in de hemel reikten. Maar de zwarte wolk loste zich op en de wind ging liggen. Ismat, die zich aan zijn vader had vastgeklemd, keek hem in de ogen.

En zijn vader keek hem aan en nu lag er een blik van herkenning en genegenheid in zijn ogen.

Nog eens omhelsden vader en zoon elkaar en nog eens vertelde de zoon over zijn lange speurtocht.

Geleidelijk kwamen bij de handelaar de herinneringen boven en daarmee de oorzaak van zijn slavernij. Het schoot hem te binnen dat hij de magische stof voor een eeuwige jeugd had willen hebben, die door de fee werd geweven. Hij herinnerde zich dat hij op reis was gegaan om de fee te zoeken. En de herinnering aan de vele maanden zware arbeid onder de betovering van de djinns leek hem een straf voor zijn begeerte te zijn geweest. Het was hem nu duidelijk dat eeuwig leven voor een sterveling niet is weggelegd en dat het lot hem om die reden de djinns in handen had gespeeld. Hij was ontroostbaar in zijn berouw en nam zich voor allereerst naar de fee te gaan, haar zijn voornemen te bekennen en haar vergiffenis te vragen.

Het was de vos die aan hun samenzijn een eind maakte door opeens uit de struiken te voorschijn te springen en hen beiden op zijn rug veilig en wel naar het huisje van de fee te brengen.

Vader en zoon dankten de vos voor zijn goede diensten en gingen het huisje binnen. Ze troffen er tot hun verbazing een vergadering van bosdieren aan, onder anderen de beer en de lynx. De fee zelf was nergens te bekennen. Maar uit hun verslagen gezichten maakte Ismat op, dat de vrouw in het wit voorgoed was heengegaan en de magische witte stof, die de drager eeuwige jeugd verleende, met zich meegenomen had.

'De geesten van het eeuwig leven hebben haar weggevoerd,' zei de vos somber, nadat hij enkele woorden met de beer had gewisseld. 'Ze waren bang dat zij haar stof aan een mens zou schenken. De geesten staan in hun wijsheid niet toe, dat mensen eeuwig doorleven.'

'En zo is het goed,' zei de handelaar en met de hand op de schouder van zijn zoon verliet hij het huisje.

Hij had begrepen dat onsterfelijkheid waarlijk niet voor mensen is weggelegd. En zeker kon onsterfelijkheid niet voor geld worden gekocht of door diefstal worden bemachtigd. Mensen konden alleen onsterfelijkheid verwerven door hun daden. Wanneer ze tijdens hun leven hard werkten en de vruchten van hun inspanning nuttig bleken voor hun medemensen, zou men hen nog na hun dood gedenken. Onsterfelijkheid kon men alleen veroveren door goede herinneringen na te laten en de handelaar nam zich voor, zich daartoe in de toekomst in te spannen.

Vader en zoon trokken weg naar hun eigen streek en ze hadden een langdurige afmattende tocht, maar omdat ze hun doel kenden, ondergingen ze de reis toch als minder afmattend en minder langdurig dan de heenreis.

Nadat ze veilig waren thuisgekomen, riep de handelaar zijn vrienden en zijn personeel bijeen en deed verslag van zijn belevenissen. Maar hoewel ze hun respect uitten voor de zoon, die zijn vader gezond en wel weer thuisgebracht had, was er niemand die een woord geloofde van wat de handelaar vertelde over de wevende fee en haar magische stof.

De handelaar deed wat hij zich voorgenomen had en werd een alom geacht man, omdat hij nobel en rechtvaardig optrad. Hij bereidde zijn medemensen vreugde waar hij kon en na een lang en gelukkig leven stierf hij getroost, omringd door familie en vrienden. En lang na zijn dood bleef hij leven in de herinnering. De stadsbewoners richtten op de markt een standbeeld voor hem op en zo kwam het, dat de handelaar toch onsterfelijk werd.

DE SLANGEN EN DE DUIVEL

Naar men beweert heeft er lang geleden in Perzië een sjah geregeerd, die de naam Dahak droeg en zijn ziel had verkocht aan de duivel Iblis, maar die vrijwel dadelijk nadat hij door moord de troon had veroverd, spijt kreeg van de koop.

Zijn berouw wekte de toorn van de duivel en de boze geest besloot de sjah te gronde te richten. Hij veranderde zich uit zijn gebruikelijke gedaante van wilde stier in een dikke man met blozende wangen. Hij zette een koksmuts op en knoopte een hagelwit voorschoot om zijn middel. In deze vermomming begaf hij zich naar Dahaks paleis en bood zijn diensten aan als kok.

Zodra het personeel van het paleis deze gemoedelijke weldoorvoede man aanschouwde, die door zijn omvang al getuigde van de smakelijke gerechten die hij beweerde te bereiden, had hij het pleit al gewonnen, want iedereen in het paleis had zich danig geërgerd aan de knoeierij van de tegenwoordigde kok, die vrijwel dagelijks het eten liet aanbranden.

Iblis werd in zijn nieuwe functie dan ook op slag voor de sjah geleid. De sjah babbelde wat met hem, liet zich door zijn hovelingen bepraten en nam de kok in dienst. 'Goed, we zien wel wat hij kan. Laat hij ons maar eens wat goeds voorzetten.'

'Dank u, majesteit,' zei Iblis met een eerbiedige buiging. 'Ik zal doen wat ik kan om uw goede smaak te bevredigen.'

Iblis kocht wat wild van de jagers, hekste twintig potten met de zeldzaamste kruiderijen bijeen en ging zo driftig aan het werk, dat de potten en pannen doorlopend op de fornuizen stonden te pruttelen. Hij maakte die dag voor het avondmaal een gemarineerde snoek in aspic, gazellebouten en een overheerlijke notencake met dadelglazuur. De hovelingen waren uitbundig in hun lof en ook Dahak toonde zich niet ontevreden. Hij liet Iblis bij zich komen.

'Je beheerst je vak uitstekend,' zei hij tegen de zogenaamde kok.

'Uw lof daalt op mijn hoofd neer als warme regen in het voorjaar, majesteit,' antwoordde duivel en boog diep.

De volgende dag maakte Iblis heerlijke schildpadsoep, gebraden fazant met een exotisch sausje en een vleespastei van kwartel en lam met rozijnesaus.

De derde dag was Dahak 's morgens al vervuld van de maaltijd die zijn nieuwe kok zou bereiden en hij liet Iblis bij zich komen om de keus van de gerechten te bespreken. De duivel achtte het een schone gelegenheid om zijn wraak te koelen.

Met instemming van de sjah braadde hij een hele stier, die hij vervolgens in optocht naar de grote feestzaal liet brengen. De dragers uit de keuken zetten hun vracht aan de voeten van Dahak neer en de vorst kon niet nalaten alvast eens met zijn mes in het sappige vlees te prikken, waarbij het water hem in de mond kwam, alsof hij de eerste hap al proefde. Hij riep Iblis toe, 'Jij bent de koning van de koks, brave man, en je verdient een vorstelijke beloning. Zeg wat je verlangt en het is je bij voorbaat geschonken.'

De zogenaamde kok schoot toe en na zich driemaal diep ter aarde te hebben gebogen, fluisterde hij de sjah in het oor, 'Uw edelmoedigheid maakt mij haast sprakeloos, majesteit. Ik verlang geen beloning. Indien de vrucht van mijn inspanning in uw smaak valt, ben ik al rijkelijk beloond. Als u me evenwel toch uw gunst wilt tonen, sta me dan toe een kus op uw vorstelijke schouders te drukken ten teken van mijn toewijding.'

'Verlang je werkelijk niets anders?' vroeg Dahak.

'Waarlijk niet,' antwoordde de duivel lachend en hij drukte zijn lippen eerst

op de ene en vervolgens op de andere schouder van de sjah. Daarna boog hij voor alle aanwezigen en trok zich met zijn helpers in de keuken terug.

Na afloop van het feestmaal had de sjah een zonderling branderig gevoel op de plekken, waar de lippen van de kok zijn schouders hadden geraakt. Het leek wel alsof hij gebrandmerkt was met een heet ijzer. Hij kon's nachts niet slapen van de pijn. Maar die pijn was nog niets vergeleken bij de walging van de volgende morgen, toen hij in de spiegel keek en de kop van een zwarte slang heen en weer zag wiegen. Er groeiden slangen uit zijn schouders! Ogenblikkelijk stuurde hij zijn kamerheer naar de keuken om de kok te halen, maar de man kwam terug met de melding, dat de kok nergens meer was te bekennen; het was alsof hij door de grond was verzwolgen.

Pas toen dacht de sjah aan de duivel, aan wie hij zijn ziel had verkocht. Helaas, de kok met de blozende wangen kon niemand anders zijn geweest dan Iblis, de oude duivel in een nieuwe gedaante. De sjah kreeg een donkerrode kleur van wanhoop; hij zag in, dat hij in de val was gelopen en wist niet hoe hij moest ontsnappen.

De slangen sisten hem steeds kwaadaardiger in de oren en toen hij hun vroeg wat ze in vredesnaam van hem wilden, zeiden ze, 'Elke morgen geeft ge ons twee van uw onderdanen te eten en uit erkentelijkheid zullen wij dan onze koppen terugtrekken onder de kraag van uw met goud bestikte mantel, zodat het volk niet zal kunnen zien dat hun heerser een driekoppige draak is.'

Dahak die meende geen keus te hebben, gaf het hoofd van zijn wacht bevel hem elke morgen twee van zijn poverste onderdanen te brengen.

De sjah wilde wel wijs en rechtvaardig regeren, dat had hij altijd gewild, maar meer en meer drong het tot hem door dat de slangen zijn geest vergiftigden. 's Nachts had hij eens een vreemde droom.

Drie krijgslieden, gekleed in de wapenrusting van hooggeplaatste edelen, kwamen op hun paarden aandraven. De middelste, tevens de jongste en knapste, viel Dahak aan met een knots, die de vorm van een stierekop had en er begon een gevecht. Nadat de jonge krijger hem had verslagen, deed hij de sjah een halster om de hals, alsof hij een lastdier was en begeleidde hem door een menigte mensen naar de wildernis buiten de stad en de rotsachtige bergkammen.

Deze droom liet de sjah geen rust en ten einde raad ontbood Dahak zieners, die hem de droom moesten uitleggen. Nadat hij zijn droom had verteld, overlegden de wijze mannen langdurig onderling, eer de oudste ten slotte het woord nam, waarbij hij de blik van de vorst vermeed.

'De jongeling met de knots in de vorm van een stierekop is de man, die door het lot tot uw opvolger is gekozen. Hij zal aan het hoofd van een groot leger uw troon veroveren. Hij zal u verslaan en de dagen van uw regering zullen ten einde zijn. Hij is nu nog niet geboren, maar zijn naam zal Faridoen zijn.'

'Waarom zou hij me te gronde willen richten zonder dat ik hem daartoe aanleiding zal geven?' riep de sjah.

'Hij zal dat doen uit wraak,' zeiden de zieners allen tezamen en ze ontvluchtten de troonzaal.

Van dat ogenblik af had Dahak in het geheel geen behoefte meer rechtvaardig te regeren. De lucht boven zijn hoofd was verduisterd door de schim van Faridoen. Hij zond spionnen naar alle delen van het rijk om erachter te komen of er ergens een kind was geboren, dat deze naam had gekregen. Wie hem zou vinden, had de sjah bevolen, moest dat kind levend of dood naar het paleis brengen.

De tijd verstreek, maar er kwam geen enkel bericht over een Faridoen binnen. Wat de sjah niet te weten kwam was, dat er onderwijl in een klein dorp een jongetje was geboren, dat de naam Faridoen had ontvangen; het dorpje lag dan ook ver van de hoofdstad. De ouders van het kind kwam wel ter ore, welk bevel de sjah had gegeven en ze verspreidden het gerucht dat het jongetje een ziekte had gekregen en gestorven was.

Dahak hoorde na verloop van tijd van dit jongetje en hij zond een afdeling ruiterij uit om het op te sporen. De soldaten galoppeerden het dorpje binnen en stormden naar de hut, waar het jongetje geboren heette te zijn. Ze zochten naar Faridoen, maar vonden hem niet, want zijn moeder had hem in de holle stam van een oude vijgeboom verborgen.

Nu ze het kind niet konden vinden, sleurden de soldaten Faridoens vader naar het paleis. Vruchteloos ondervroeg Dahak de gevangene, de man liet niets los en in drift leverde de sjah hem aan de beul uit.

De moeder van Faridoen had haar kind in een sjaal gewikkeld en was met hem de bergen ingevlucht.

'Vandaag hebben ze je vader meegenomen en morgen zullen ze terugkomen voor ons, jongetje,' zei ze al rennend.

Tegen steile wanden op en door dichte bossen zocht ze haar weg en bereikte een hut, die op een open plek stond. Daarin woonde een bejaarde schaapherder, die in de hele streek bekend stond om zijn vriendelijkheid en wijsheid. Faridoens moeder kniel-de voor hem neer en smeekte de oude man met betraande ogen voor haar kind te zorgen.

'Ga in vrede, vrouwtje,' zei de herder. 'Ik zal uw zoon verzorgen alsof hij de mijne was.'

De oude man verzorgde Faridoen drie jaar lang en het kind werd groot en sterk door het drinken van de melk, die de enige koe van de herder gaf.

De spionnen van Dahak bleven evenwel zoeken. En op een dag vernamen ze, dat er in de bergen voorbij het dorpje van Faridoens ouders een naamloos weeskind woonde. Er werd hun ook verteld dat de jongen werd gevoed met melk van een gevlek-te koe. Nadat ze dit alles aan de sjah hadden bericht, steeg de vorst aan het hoofd van een afdeling soldaten te paard en reed naar het dorpje.

Zodra de moeder van Faridoen de gewapende macht in het oog kreeg, vluchtte ze naar de hut in de bergen. Sneller dan een door jagers achtervolgd hert bereikte ze haar doel, de hut van de herder. 'Geef me mijn zoon terug,' riep ze zodra de herder zich liet zien. 'Ik weet nauwelijks hoe ik u moet danken voor alle genegenheid, die u hem gegeven hebt. Maar zijn vijanden zitten me op de hielen en ik moet met hem verdervluchten tot over de grens, waar hij veilig zal zijn.'

Ze bond haar kind vast op haar rug en aanvaardde de langdurige en afmattende tocht.

Onderwijl liet de boosaardige sjah hele dorp plunderen en in brand steken, eer hij zijn soldaten voorging de bergen in.

De gevlekte koe die met haar melk de jonge Faridoen had gevoed, graasde voor de hut van de herder, toen Dahak er met zijn soldaten verscheen.

'Waar is Faridoen, oude herder?' vroeg de kapitein van de afdeling bars. 'We zien alleen de koe, die hem zoveel jaar gevoed moet hebben! Is het kind zo dik geworden, dat het niet door de deur naar buiten kan komen om dappere krijgers als wij aan te gapen?'

'U bent op de verkeerde weg,' antwoordde de oude herder. 'Hier woont geen kind dat zo heet.'

In tomeloze drift sloeg Dahak de oude herder dood, stak de koe neer en verwoestte de hut, voor hij als een dolleman weggaloppeerde.

Na het volbrengen van haar lange reis liet Faridoens moeder haar kind achter in de hoede van een kluizenaar, die ver van de mensen woonde en zijn tijd voor een groot deel in gebed doorbracht.

Onder zijn goede zorgen werd de jongen groot en sterk en verwierf een wijsheid, die ver boven zijn leeftijd uitging.

Toen hij zestien was geworden, zei Faridoen de kluizenaar vaarwel en vertrok uit het grensgebergte naar het laagland, waar hij wist zijn moeder terug te zullen vinden. Het werd een gelukkige hereniging.

'Waarom mocht ik al die jaren niet bij u wonen, moeder?' vroeg hij. 'En waar is mijn vader?'

De moeder had geen keus: ze vertelde Faridoen hoe wreed de sjah was, dat hij Faridoen in de wieg al van het leven had willen beroven, dat hij zijn vader en de schaapherder had vermoord. 'Ze beweren dat er dagelijks in het paleis twee onderdanen van de sjah worden verslonden,' ging ze verder, 'maar hoe dat zit, begrijpt niemand.'

'Ik zal de dood van mijn vader wreken,' riep Faridoen. 'Ik zal ook de herder wreken en al wie er verder vermoord mogen zijn. Zelfs de brave koe die me met haar melk heeft gevoed, wil ik wreken! Een stierekop zal het wapen tooien, waarmee ik Dahak zal neerslaan.'

Hij ging op zoek naar de beste smid uit de streek en tekende in het zand een stierekop voor hem. Een dag en een nacht werkten de mannen in de smederij aan een wapen, zoals de jongeman wilde hebben. Tegen het aanbreken van de dag konden ze hem de gereedgekomen knots overhandigen. Faridoen zwaaide het wapen boven zijn hoofd en het snerpte door de koele ochtendbries en daarna begon hij een leger te verzamelen voor zijn treffen met Dahak.

Van alle kanten stroomden de soldaten toe om zich achter Faridoen te scharen, want er was geen fatsoenlijk man in het land, die niet bereid was te vechten tegen het monster, waardoor hij geregeerd werd. Al gauw stond Faridoen aan het hoofd van een grote strijdmacht. Nadat alles voorbereid was, trok dit leger op over de brede vlakten en naar de hoofdstad. Toen de duisternis inviel, sloeg het de tenten op onder de stadsmuren, die zich tot in de hemel leken te verheffen.

Faridoen zei tegen zijn naaste metgezellen, 'De angst slaat me om het hart, vrienden. De hoogte van die muren bewijst wel, welke boze macht daarbinnen regeert.'

Na deze woorden boog hij het hoofd en mediteerde een ogenblik. Hij greep zijn knots en zwaaide hem boven zijn hoofd met zo grote kracht, dat de wacht op de muren meende zonnestralen uit zijn arm te zien flitsen. De stierekop gloeide als vuur en schildwachten en soldaten vluchtten in paniek. Faridoen en zijn manschappen konden ongehinderd de burcht van de wrede sjah binnendringen. Ze zochten Dahak overal, maar vonden hem niet.

'Stuur troepen uit om de sjah na te zetten,' adviseerde de adjudant van Faridoen.

Maar Faridoen antwoordde, 'Zoals een roofdier naar zijn hol terugkeert, zo zal Dahak naar zijn stad terugkeren. We kunnen zijn komst geduldig afwachten.'

Faridoen bleek zich niet vergist te hebben. Die nacht sloop de rentmeester van de sjah ongezien de geheime poort uit en galoppeerde naar de fraaie tenten aan de oever van een rivier op grote afstand, waar Dahak en zijn hofhouding zich een week hadden verpoosd.

Nadat de sjah van zijn rentmeester het bericht van de bezetting had ontvangen, verbleekte hij van angst. Faridoen, die hij zoveel jaren tevergeefs had gezocht, was gekomen om zich te wreken! De oude droom flitste in zijn herinnering op. Alleen Iblis, de duivelse geest, kon hem nog redden! Diens boze macht kon alleen het lot afwenden, dat hem in de droom was voorspeld. Dahak prevelde enkele duistere schrikwekkende woorden en Iblis was bij hem.

De duivel die zich op vleermuisvleugels had verplaatst, hoorde de bede om hulp van de sjah aan. Hij zei, 'Wij zijn door meer dan vriendschapsbanden verbonden. Ik zal u helpen.'

Hij knipte met de vingers en een gruwelijk leger kwam door de lucht aanvliegen en stelde zich achter Dahak op, boze geesten, heksen, geesten van de bossen, de woestijnen, de moerassen en het rotsgebergte gehoorzaamden het bevel van hun heer, de duivel. Ze waren bewapend met drietanden, bijlen, knuppels, toverstokken, gloeiende brandijzers en het gebeente van drenkelingen en gehangenen.

Dahak besteeg zijn zwarte hengst en stelde zich op aan het hoofd van dit schrikwekkend leger. Hij voerde zijn pas verworven troepen door dorpen en steden naar zijn paleis, maar terwijl hij optrok, werd zijn leger van elk gebouw, van elk dak, uit elk raam en over elke balkonrand bestookt met een hagel van stenen. De stenen werden met zoveel kracht geworpen, dat de troepen van de sjah onzeker werden. Tegenover deze ononderbroken aanval door alle fatsoenlijke mensen in het land voelden de boze geesten hun krachten verzwakken.

Een voor een begonnen ze zich terug te trekken en het duurde niet lang of het hele leger was verdwenen. Dahak steeg met lijkbleek gezicht van zijn paard. Hij sloeg de mantel van een kluizenaar om zich heen in de hoop onopgemerkt de vijandelijke gelederen te kunnen passeren. Maar onder de mantel droeg hij zijn maliënkolder en onder de zwarte kap zijn helm.

De sjah had op dat ogenblik misschien zijn lot nog kunnen ontgaan, als hij niet tot elke prijs eigenhandig Faridoen had willen doden.

Beschut door de duisternis kwam hij zijn burcht binnen; langs een lang touw hees hij zich tegen de muur op en hij verdween als een mol in een van de geheime gangen, die hij alleen kende.

Alsof de duivel hem nog steeds hulp verleende vond hij Faridoen, die zich op een bank had geworpen en de vermoeienis van zich afsliep. De sjah koesterde maar een verlangen, terwijl hij zijn degen ophief en aanstalten maakte de punt in Faridoens hart te boren. Eer hij evenwel de dodelijke steek kon toebrengen, schrok Faridoen

wakker. Ogenblikkelijk besefte hij het gevaar. Met een enkele slag van zijn knots met de stierekop verbrijzelde hij de helm van de sjah onder de zwarte kap en de sjah stortte op de knieën. Faridoen zou hem ter plaatse hebben gedood, als niet een innerlijke stem zijn hand had weerhouden. 'Bind deze demon met riemen van leeuwehuid,' zei de stem. 'En keten hem aan een rots op de berg Demavend.'

Faridoen gehoorzaamde; hij had de stem herkend als die van Soeroesja, bode van de goden. Dezelfde nacht nog aanvaardde hij de tocht naar de berg en Dahak ging mee, op de rug van een kameel gebonden.

Zo stierf Dahak, langzaam, zoals de goden hadden bevolen. En bij zijn terugkomst werd Faridoen tot heerser over heel Perzië gekroond en het volk beminde en eerbiedigde hem, want hij was een wijs en rechtvaardig vorst.

DE ZOON VAN DE JAGER

Lang geleden heeft er een jager geleefd die zo bedreven was in het zetten van vallen en het neerleggen van wild, dat geen enkel dier in het bos bij machte was hem te ontkomen. Desondanks hadden hij en zijn vrouw en hun jonge zoon maar zelden voldoende te eten.

Op zekere dag voelde de jager de kille hand van de dood op zijn schouder en in de wetenschap dat hij niet lang meer te leven had, gaf hij zijn vrouw al zijn strikken, speren, vallen, klemmen, bogen en pijlen met de woorden, 'Verberg deze driewerf vervloekte wapens in de donkerste kast in huis en spijker de deur dicht. Laat mijn zoon nooit te weten komen wat zijn vader was en laat hem nooit een glimp van mijn jachtuitrusting opvangen. Dat is mijn laatste wens!'

'En die zal ik eerbiedigen,' antwoordde de vrouw en deed wat hij gezegd had. Kort daarna stierf de jager.

Naarmate de jongen ouder werd, vroeg hij zijn moeder steeds vaker wat zijn vader had gedaan om het dagelijks brood voor zijn gezin te verdienen, maar de brave vrouw wist hem telkens met een ontwijkend antwoord af te schepen.

Op een dag was de jongen evenwel bezig een lek in het dak dicht te maken, toen zijn hamer uitschoot en hem een blik in de kast gunde, waarin de jachtuitrusting was opgeborgen. Daarna liet hij zijn moeder geen rust meer tot ze hem het geheim had onthuld, dat aan zijn vondst verbonden was en hem alles had verteld over zijn vader, hun armoede en zijn laatste wens.

'Maar ik wil ook jager worden!' riep de jongen heftig. Dadelijk hing hij een boog en een koker pijlen over zijn schouder, stak de strikken onder zijn arm en zocht de vlakte op. Hij koos een plek uit bij een bron, waar allerlei dieren kwamen drinken en het duurde niet lang of hij had een gazelle gestrikt. Hij bekeek het dier van alle kanten en vond het een opmerkelijk mooie gazelle met een fraaie tekening van de vacht. Blij met zijn vangst deed hij het dier een halster om de hals en keerde terug naar de stad. Nog buiten de poort werd hij ingehaald door een ruiter, die vroeg of de jongen de gazelle niet wilde verkopen, want hij wilde het dier bijzonder graag hebben.

'De gazelle is niet te koop,' zei de jongen.

'Maar ik heb er zin in, jonge vriend, en voor zo'n mooi dier geef ik wel tien goudstukken.'

'Tien goudstukken? Geen sprake van.'

De ruiter opende de onderhandelingen met de jongen en verhoogde zijn bod ten slotte tot honderd goudstukken, maar de jongen wilde zijn vangst niet verkopen.

'Dan moet je het zelf maar weten!' riep de ruiter. 'Zeg eens, wat ben je eigenlijk met dat beest van plan?'

'Ik wil het aan de sjah geven, die me er zeker een passende beloning voor zal schenken,' zei de jongen en liep door.

'Je doet maar wat je niet laten kunt, maar je bent nog niet van me af!' mompelde de ruiter binnensmonds en galoppeerde weg. Wat de jongen niet kon weten was, dat hij met de grootvizier van de sjah had gesproken.

Zodra de paleiswacht de sjah meedeelde dat er een jongen met een prachtige gazelle voor de poort stond, verklaarde de vorst zich bereid hem te ontvangen en dadelijk werd hij geestdriftig voor de aantrekkelijke gazelle. 'Waarlijk, zo'n mooi dier heb ik nog nooit gezien,' voegde de sjah zijn grootvizier toe. 'Zeg eens, welke beloning zal ik de jongen geven?'

Zodra de jagerszoon zijn blik op de vizier richtte, herkende hij hem als de ruiter,

met wie hij buiten de poort had onderhandeld en de schrik sloeg hem om het hart. Hij begreep heel goed, dat deze man hem zoveel mogelijk zou benadelen. En hij kreeg daarvan al dadelijk het bewijs, want de vizier zei op hatelijke toon, 'Deze gazelle is een mannetje. Zonder het vrouwtje zal hij al gauw van eenzaamheid sterven. Maar het vrouwtje loopt op dit ogenblik ongetwijfeld over de vlakte. Indien onze jonge jager kans zou zien ook de hinde te vangen – en het zal hem niet moeilijk vallen haar te vinden, want ze moet dezelfde tekening hebben als deze bok hier – dan zou ik hem een vorstelijke beloning geven, maar niet eerder.'

'Dat is verstandige taal, grootvizier,' zei sjah tevreden lachend. 'Heb je het gehoord, jongen? Ga de hinde vangen, die sprekend op deze bok lijkt. Daarna zul je goed beloond worden.'

De jongen knikte zwijgend en verliet verbitterd en met tranen in de ogen het paleis.

De volgende dag verschool hij zich bij het aanbreken van de ochtend al tussen de dichte begroeiing aan de bron, waar hij de dag tevoren de gazelle had gestrikt. Hij hoefde niet lang te wachten. Het geluk was met hem en het duurde niet lang of de hinde, die hij in opdracht van de sjah moest vangen, spartelde in zijn strik.

Overgelukkig repte hij zich naar het paleis langs dezelfde weg, die hij de vorige dag had genomen en ook nu werd hij ingehaald door de vizier te paard.

'Verkoop me die gazelle, jongen! Ik zal je er honderd goudstukken voor betalen.'

'Wat moet ik doen?' dacht de jongen. 'Als ik hem de gazelle niet verkoop, zal de vizier stellig weer wraak op me nemen. Verkoop ik wel, dan zal de sjah dat zeker te weten komen en dan zal hij in zijn woede wraak op me nemen.'

Hij begon met de vizier te onderhandelen tot het bod tot duizend goudstukken was opgelopen. Het duizelde de jongen bij de hoogte van dit bedrag, maar ten slotte weigerde hij te verkopen bij de gedachte, 'Als de vizier al duizend goudstukken biedt, waarmee zal de sjah me dan wel belonen?'

De sjah toonde zich buitengewoon verheugd, toen hij de tweede gazelle voor zich zag. Hij zou die hele dag niets meer doen dan met verrukte blik het spel van de twee dieren volgen. Ze leken zoveel op elkaar, dat ze uit dezelfde worp afkomstig hadden kunnen zijn.

'En wat geven we de jongen, die zijn opdracht zo goed heeft vervuld?' vroeg de sjah aan zijn vizier.

'Ik vind het zo jammer, majesteit, dat de bezitter van deze twee fraaie gazellen niet ook een lenige wezel heeft. Het is weliswaar een klein diertje, maar als water zo vlug; het moet een heerlijk schouwspel zijn deze drie dieren met elkaar te zien dartel.'

'Dat is een waar woord, vizier,' zei de sjah. 'Hoor eens, jongen,' voegde hij eraan toe, 'ga een wezel vangen en dan zal ik je waarlijk koninklijk belonen.' Hij gaf de wacht een wenk en de jagerszoon werd het paleis uitgeleid.

Hij was diep verontwaardigd over het hem ongedane onrecht en hij voelde geen lust de volgende opdracht uit te voeren. Hij wist hoe moeilijk het zelfs voor een ervaren jager was een wezel te vangen. Zijn visioenen van rijkdom smolten weg als sneeuw voor de zon. Thuis kon hij met zijn moeder niet over zijn vrees spreken, want daardoor zou hij haar overleveren aan zelfverwijt; ze zou aannemen dat hem een nog wranger lot wachtte dan zijn vader. Toen hij zich in zijn bed uitstrekte, schreide hij bittere tranen over het leed dat de sjah en zijn vizier hem hadden berokkend.

Het werd al licht toen hij in een onrustige slaap viel en hij kreeg een zonderlinge droom. Chyzr, de wijze profeet en vriend van de armen, verscheen bij hem in de kamer en zei, 'Wees niet bezorgd, mijn zoon. Ga morgen rechtstreeks naar het paleis van de sjah en vraag om twee maten erwten en drie maten bonen uit de graanschuur van de vizier. Let wel, uit de graanschuur van de vizier! Doe ze in een zak en sla de zak over je schouder. Dadelijk buiten de stadspoort begin je onder het lopen telkens een erwt of een boon te laten vallen en daarmee ga je door tot je de rivier vier mijl verderop hebt bereikt. Je gaat daar onder de hazelaar zitten en wacht dan maar af. De wezels zullen in paren naar je toe komen. Kies er het mooiste paar uit en breng het aan de sjah.'

Nadat de jongen ontwaakt was, wist hij aanvankelijk niet wat hij van zijn droom moest denken. Maar ten slotte deed hij wat de profeet hem in de droom had opgedragen. Terwijl hij onder de hazelaar zat te wachten, voelde hij zijn armen en benen loom worden en hij viel in slaap.

Groot was zijn verbazing, toen hij de ogen weer opende! De vlakte wemelde van de wezels. Ze leken heel tam te zijn en liepen de jongen om de voeten en het kostte hem weinig moeite er het mooiste paar uit te kiezen. Hij deed de twee wezels in zijn zak en repte zich naar het paleis van de sjah.

Helaas, buiten de stadspoort werd hij ook nu ingehaald door de vizier te paard, die riep, 'Je bent niet ingegaan op mijn bod op de gazellen, goed. Des te meer reden heb je me nu die beide wezels te verkopen. Ik zal je ervoor betalen wat je vraagt en

je ook aanbevelen in de welwillendheid van de sjah. Je zult daardoor een veel hogere beloning voor je twee gazellen ontvangen. Toe vooruit, verkoop ze me. Je kunt de sjah morgen wel een ander paar wezels brengen.'

Maar de jongen had er geen oren naar en draafde weg zo hard hij kon, regelrecht naar het paleis van de sjah.

'Het zou beter voor je zijn, als jij en ik elkaar nooit ontmoet hadden, stomme vlegel!' riep de vizier; dreigend hief hij de vuist op en verbeet zijn ergernis. Hij gaf zijn paard de sporen en galoppeerde als een dolleman weg.

'En welke beloning zullen we de jongen nu geven, vizier?' vroeg de sjah, nadat de jagerszoon de zak had opengemaakt en de wezels heen en weer trippelden.

'Machtige heerser en bezitter van een paar fraaie gazellen en een paar wezels die met hun capriolen de blik verheugen! Hoe jammer is het, dat de sjah niet in het bezit is van een ivoren troon, die de machtigste van alle heersers toekomt,' zei de vizier enigszins buiten adem, want hij was alle paleisgangen doorgedraafd om aanwezig te zijn als de jagerszoon zijn wezels aanbood.

De opmerking van de vizier viel bij de sjah in goede aarde en hij zei tegen de jongen, 'Je hebt het gehoord. De woorden van de vizier zijn als die van een profeet. Bezorg mij een ivoren troon. Daarna zal ik je schenken wat je verlangt. Zo niet, je lengte zal met een hoofd verminderd worden.'

Nu pas drong het tot de jongen door, dat hij het paleis beter had kunnen mijden. De boosaardige vizier had het op zijn leven voorzien. Vertwijfeld strompelde hij huiswaarts en liet zich op zijn bed vallen als een totaal uitgeput schepsel. Terwijl hij sliep, klonk hem weer de vertrouwde stem van de profeet Chyzr in de oren. 'Wanhoop niet, mijn zoon,' zei hij vriendelijk. 'Ga morgenochtend naar het paleis en zeg tegen de sjah, "Machtige heerser, indien ge een troon wilt bezitten zoals de wereld nooit tevoren heeft aanschouwd, laat uw dienaren dan zevenhonderd kamelen voor me beladen met zakken wijn van de vizier. Stel me alle smeden en alle meubelmakers uit het rijk ter beschikking. Laat aan de meubelmakers zagen en bijlen van goud uitreiken en aan de smeden zilveren gereedschap. Laat vijfduizend drijvers hun lastdieren beladen met voedselvoorraden en laten zij ons vergezellen op de tocht. Wel dienen de voorraden alle uit de provisiekamers, de graanschuren en de schatkamer van de grootvizier te komen. Mocht er ook maar iets bij zijn dat van iemand anders stamt, al was het maar een koperen muntstukje, dan zult ge nooit op een troon van ivoor zitten.'

De jagerszoon die nauwelijks wist of hij waakte of droomde, luisterde gretig. Chyzr ging verder, 'Volg met de karavaan een route, die je over zeven bergen en door zeven rivieren zal leiden. Zodra je de woestijn nadert, zul je een bron zien waardoor een meer wordt gevoed. Dit meer moet worden leeggemaakt en vervolgens met wijn worden gevuld. De olifanten die aan het meer komen drinken, zullen bedwelmd raken door de wijn van de vizier en omvallen. Je smeden en meubelmakers kunnen dan hun slagtanden afzagen en er een ivoren troon van maken.'

Zodra hij de ogen had geopend, ging de jagerszoon naar het paleis van de sjah. Hij beefde van angst, terwijl hij zijn eisen stelde, maar de sjah verlangde zo hartstochtelijk naar een troon van ivoor, dat hij alle eisen inwilligde. En de jagerszoon aanvaardde zijn tocht en alles gebeurde zoals zijn droom voorspeld had. Zodra de troon gereed was, zette de jagerszoon hem op de rug van de grootste olifant en aanvaarde de thuisreis.

De sjah wachtte al vol ongeduld op de terugkeer van de jager en toen het bekend raakte dat de lange karavaan in aantocht was, kon hij het grote ogenblik nauwelijks afwachten. Zijn ogen begonnen te fonkelen van vreugde, toen hij eindelijk de troon van glanzend wit ivoor aanschouwde, die met goud en robijnen was ingelegd en getooid was met een treffende gelijkenis van de legendarische stier Gopatsjah.

Aanvankelijk was de sjah met stomheid geslagen bij de aanblik van zoveel schoonheid, maar hij hervond zijn stemgeluid en stelde aan zijn vizier de vraag, 'Hoe moeten we de jongen ooit belonen?'

Alvorens te antwoorden bekeek de vizier de troon zorgvuldig van alle kanten om zich te overuigen dat alles, zelfs de spijkers, van ivoor was gemaakt. Nadat hem dit was gebleken en in de overtuiging dat hij de jagerszoon de bewondering van de sjah niet meer zou kunnen ontnemen, gebruikte hij zijn verstand. Hij kuste de grond voor de voeten van de sjah en zei, 'Machtige heerser, middelpunt van het heelal, heer en meester van weergaloos schone gazellen en van watervlugge wezels, bezitter van een troon van ivoor, ineengezet met spijkers van ivoor! De jagerszoon blijkt bedreven in het maken van lange tochten. Het zou hem niet moeilijk vallen een brief te halen van uw hooggeëerde vader en van de mijne, die stierven op dezelfde dag. Een reis naar het hiernamaals zou een feest waard zijn dat dertig dagen duurde en voor de jongen een beloning groter dan al wat uw schatkist bevat.'

'Wijze woorden, grootvizier,' zei de sjah. 'Haast je,' voegde hij de jongen toe, 'Het zou me aanstaan, als je voor het vallen van de avond nog terug kon zijn.' Hij boog zich naar de jagerszoon toe en fluisterde hem in, 'Overigens hoef je geen tijd aan de vader van de vizier te verspillen. Zoek alleen mijn eigen dierbare overleden vader...'

Na langdurig nadenken zei de jagerszoon, 'Het is te laat om vandaag nog terug te kunnen zijn, majesteit. Maar morgen kunt ge me verwachten. Met uw welnemen zal ik me nu terugtrekken om me op deze tocht voor te bereiden.' En de jongen verliet het paleis in de hoop, dat de heilige profeet Chyzr hem ook ditmaal te hulp zou komen. Maar toen hij zijn huis binnenkwam, was hij niet in staat zijn moeilijkheden nog langer voor zijn moeder te verzwijgen.

Nadat ze had vernomen welke nieuwe opdracht de vizier hem had opgedrongen, barstte ze in tranen uit, maar een ogenblik later kwam ze tot rust en merkte op, 'Ach jongen, als je deze opdracht tot een goed einde zou brengen, zou de sjah wel een nieuwe voor je verzinnen. Probeer zelf iets te bedenken, waardoor je je leven kunt redden.'

De jongen ging naar bed, maar de slaap bleef ver en hij zag geen kans een plan te maken om de vizier of de sjah te overtroeven, maar gelukkig kwam de heilige profeet hem nog eens te hulp.

Zodra het licht was geworden, deed de jagerszoon wat de profeet hem had gezegd. Hij begaf zich naar de sjah en verzocht duizend kamelen hout te laten halen in de naburige bossen. Dat hout moest buiten de stadspoort opgestapeld worden. De sjah gaf deze opdracht en tien dagen later was er op de bewuste plek een reusachtige houtmijt verrezen. De jongen gaf vervolgens de timmerlieden van het rijk, die naar de hoofdstad waren geroepen, opdracht boven op de mijt een fraaie troon te plaatsen. Ook dit gebeurde en daarna liet de jongen zich bij de sjah aandienen en zei, 'Laat alle soldaten en autoriteiten buiten de stadspoort bijeenkomen en roep alle muzikanten op uit de theehuizen en van de markten.'

De sjah voldeed aan het verzoek van de jager en al spoedig hadden alle stadsbewoners zich samengetrokken rondom de houtmijt. De soldaten hadden zich in gesloten gelederen opgesteld, hun wapens schitterden in de zon en de gewaden van de hovelingen glansden in de fraaie kleuren van paradijsvogels.

Nadat vijfhonderd dragers vijfhonderd kruiken wijn hadden neergezet, wendde de jagerszoon zich tot de sjah met de woorden, 'O sjahinsjah, middelpunt van het heelal, machtigste der machtigen, het ogenblik is aangebroken waarop ge met uw vizier de houtmijt dient te beklimmen. Neem plaats op de troon aan de top en zet uw vizier aan uw rechterhand; geef de muzikanten opdracht hun instrumenten te doen klinken en de soldaten en hoogwaardigheidsbekleders een dronk op uw welzijn uit te brengen. Wacht op die wijze mijn terugkeer uit het hiernamaals af. Eerder dan ge verwacht zal ik weer voor u staan, want het gevleugelde paard van de goden is uit de hemel naar mijn stallen afgedaald en staat voor mij gereed.'

Vervuld van gretige verwachting deden de sjah en zijn vizier wat hun was verzocht. Terwijl fluitmuziek de lucht deed trillen en de wijn uit de kruiken in de uitgestoken bekers klaterde, sloop de jonge jager heimelijk door de straten van de stad. Hij zocht de hut van een hoogbejaarde schrijver en nadat hij de man had gevonden, bood hij hem een grote som geld aan en de schrijver nam bereidwillig een rol perkament en schreef erop neer wat de jongen hem voorzei. Nadat het stijlvolle document was voltooid, stak de jagerszoon het onder zijn arm en repte zich terug naar de stadspoort en de menigte.

'Daar komt de hemelkoerier al!' riep het volk.

De trompetten zetten ter verwelkoming een schetterende fanfare in. De jongen begaf zich naar de houtmijt, waar hij de rol perkament overhandigde aan de officier, die de wacht aan de voet had betrokken. Deze officier gaf de rol door aan een tweede, die hoger in rang was en hoger op de houtmijt stond, deze gaf hem door aan een derde en de derde bood de rol aan de sjah persoonlijk aan.

Met bevende vingers ontrolde de sjah het perkament en las:

"Geliefde zoons,
Waarom blijft ge toeven in uw aardse paleizen? Voeg u bij ons in deze hemelse oorden. Weifel langer niet. Laat de geest van het vuur u onverwijld tot ons voeren. Wij wachten u beiden. Stel ons geduld niet op de proef.

Deze regels waren ondertekend met de naam van de vader van de sjah, die lang tevoren gestorven was. Daaronder stond de naam van de vader van de vizier, die op dezelfde dag de dood had gevonden.

'Het is de hand van mijn vader, die deze boodschap ondertekend heeft. Ik kan me in zijn handschrift niet vergissen!' riep de sjah en gaf de brief door aan zijn vizier.

'En dat is de handtekening van *mijn* vader!' riep de vizier hem na.

De jagerszoon kon een lachje niet onderdrukken. De schrijver had zijn werk goed gedaan! Aan de hand van oude zegels en documenten was hij erin geslaagd de beide handtekeningen van de overledenen zo meesterlijk te imiteren, dat niemand aan vervalsing dacht.

'Waarop wachten we nog?' zei de sjah.

'Ja, waarop wachten we nog? We zouden nu al in de schoot van de vaderen teruggekeerd kunnen zijn!' zei ook de grootvizier. Hij keek neer op de verzamelde menigte en richtte zich tot de koksjongem die bezig was vier hanen aan het spit rond te draaien. 'Hee daar, waar wacht je op? Neem dat gloeiend stuk hout onder je spit en steek de houtmijt aan.'

Na die woorden nam de koksjongen het gloeiend stuk hout en wezenloos stak hij de houtmijt aan. Even later warrelden rook en vlammen op rondom de sjah en zijn vizier, die met de schoonste verwachtingen op de houtmijt troonden.

De jagerszoon die door zijn overwinning op sjah en vizier blijk van grote wijsheid had gegeven, werd door het volk tot de nieuwe sjah gekozen. Naarmate hij ouder werd, nam zijn wijsheid nog toe en zijn moeder nam de haar toekomende plaats in het paleis in en bleef tot in lengte van dagen dankbaar dat hij dit alles te boven was gekomen met het hoofd nog op zijn schouders.

TWAALF SLIMME ROVERS

Heel lang geleden toen Nisjapoor nog een grote bloeiende stad was, stond er een herberg aan de weg. Die herberg stond tevens aan de markt en was een rustpunt voor de welgestelde kooplieden met hun rijk beladen kameelkaravanen.

De herberg was fraai ingericht en het ontbrak de gasten aan niets. Om de herberg was zo'n hoge muur opgetrokken, dat het gebouw in zekere zin meer aan een fort dan aan een onderdak voor kooplieden deed denken. Maar er was althans geen enkele dief die er zich op kon beroemen, ooit over de muur te zijn geklommen of de zwaar gegrendelde poort te zijn binnengedrongen.

Op zekere dag evenwel sloeg een bende brutale rovers de tenten op tussen de struiken buiten de stad. Nadat hun iets ter ore was gekomen over deze vermaarde herberg, braken ze hun kamp op en reden naar de grot van een wijze oude kluizenaar, die wijd en zijn bekend stond om zijn mildheid.

'Heilige man, de troost van hen die lijden en in nood verkeren, hoor ons aan en help ons uit de ellende!' riepen de schurken schijnheilig, nadat ze bij de grot waren aangekomen. Ze geloofden inmiddels zo sterk in hun eigen verzinsels, dat ze de tranen haast in de ogen kregen. 'Elf van ons zijn gekomen om ons voor u in het stof te werpen, maar in werkelijkheid zijn we met ons twaalven – allen zoons van een vader en we trekken van stad tot stad en verdienen een eerlijk stuk brood als wapensmeden. Toen we in Nisjapoor aankwamen, werden we ontboden op de binnenplaats van die herberg aan de weg om de messen en wapens van kooplieden en kameeldrijvers te slijpen. Onze jongste broer die helaas niet in ons midden is, kreeg een kostelijk Damasceens zwaard te scherpen. Nadat hij met zijn werk gereed was, hield hij het lemmet vlak bij het gezicht van de eigenaar, zodat de man zou kunnen zien of de rand scherp genoeg was. Zijn gebaar werd helaas verkeerd uitgelegd. Onze broer die niets kwaads in de zin had, werd door de knechten als moordenaar gegrepen en in een cel gesmeten. Wat we ook hebben ondernomen, we hebben geen kans gezien die herberg binnen te komen om onze jongste broer te bevrijden. Kunt u ons geen raad geven? Allah zal het u lonen!'

De kluizenaar had hen aangehoord en merkte nu op, 'De kwellingen die ik doorsta, de gebeden die ik uitspreek en de goede werken die ik doe, zijn boete voor de zonden uit mijn jonge jaren. Vroeger was ik een beruchte dief en geen kasteel en geen poort was veilig voor mijn handigheid. Ik ben de knepen van het vak grotendeels verleerd, maar als ge iemand te hulp wilt komen, die buiten zijn schuld in gevangenschap is geraakt, zal ik mijn geheugen aftasten om u van dienst te zijn.

'Luister naar wat ik u ga vertellen. Drie mijl buiten de stad, naast de ruïnen van die molen aan de horizon, bevindt zich een uitgedroogde put met zeven wilgen er omheen. Sedert lang denkt niemand meer aan die put. Maar als u de steen en de aarde weghaalt, waarmee de opening is bedekt, zult u op de bodem van de put een gat aantreffen. Het is het begin van een ondergrondse gang, die rechtstreeks uitkomt in de put op de binnenhof van de herberg.'

De dieven bedankten de kluizenaar en galoppeerden weg naar de oude put, die hij genoemd had. Ze vonden de put zonder de geringste moeite en begonnen dadelijk te spitten, wat hun het grootste deel van de nacht kostte. Tegen het aanbreken van de morgen trokken de rovers zich terug in de naburige ruïnen en sliepen de hele dag hun vermoeidheid van zich af. Terwijl zij in diepe slaap waren verzonken, was het jongste bendelid volgens afspraak bezig goede maatjes te worden met de hond, die de binnenhof bewaakte.

Dat jongste lid van de roversbende had zich na aankomst in de stad om werk

gemeld bij een bakker. Het was de bakker die de herberg van brood en gebak voorzag en dagelijks moesten de bestellingen worden afgeleverd. Dit werd aan de jongste rover opgedragen en telkens als hij over de binnenhof liep, wierp hij de hond een mals stukje vlees toe, dat hij onderweg bij de slager kocht.

Het duurde geen week of de hond hield zoveel van de jonge rover, dat hij hem op zijn wenken gehoorzaamde. Na verloop van een week keerde de jongste rover terug naar de molenruïne, waar zijn maats al ongeduldig op hem wachtten.

Nadat hij had verteld dat de waakhond inmiddels zo mak was als een lammetje, gingen alle rovers aan de slag. Na een stevige maaltijd daalden ze af in de put en kropen de een na de ander de ondergrondse gang binnen. Het was geen gemakkelijke tocht. Ze struikelden over stenen, trapten in kuilen en de lantaren viel en doofde herhaaldelijk, eer ze hun doel hadden bereikt.

Het was middernacht, toen ze naar boven klommen door de put, die midden op de binnenhof lag. Een gefluisterd bevel van de jongste rover was voldoende om de hond te bewegen te gaan liggen en slechts onderdrukt te grommen. De herberg lag in doodse stilte en niet een van de ramen was verlicht. De rovers slopen naar de deuren waarachter de gasten hun zakken met geld, juwelen en andere kostbaarheden hadden opgeslagen en geruisloos braken ze de sloten open. Nadat ze hun zakken hadden volgepropt met gouden en zilveren munten en edelstenen, verdwenen ze door de ondergrondse gang en kwamen tegen het aanbreken van de morgen te voorschijn bij de molenruïne.

De volgende ochtend was de herberg in rep en roer. De stalknechten en het overig personeel ontdekten dat de bergplaatsen beroofd waren en maakten zoveel kabaal, dat alle gasten wakker schrokken. De kooplieden verdrongen zich en konden hun ogen niet geloven. Toen ze ten slotte bereid waren de waarheid onder ogen te zien, was de rechter van de stad al in de herberg aangekomen.

'Alleen het personeel is in de gelegenheid geweest die voorraadkamers te beroven,' fluisterde het hoofd van de politie de rechter in het oor. 'Mijn mannen staan elke nacht op post recht tegenover de poort van de herberg en die poort was vergrendeld. De grendels zijn pas weggeschoven, toen wij naar binnen wilden.'

De rechter knikte en riep alle bedienden, kamermeisjes, koks, stalknechten en staljongens en al wie er verder in de herberg werkten bijeen en drong op een bekentenis van de diefstal aan.

Het hele personeel ontkende evenwel ook maar iets met de beroving te maken te hebben. De rechter kwam niets te weten en hij gaf de politie opdracht een eiken bank te brengen en daaraan degenen vast te binden, die zich het koppigst toonden. Ze werden met hazelroeden afgeranseld om hen tot een bekentenis te dwingen. Anderen werden in de gevangenis gezet in cellen vol spinnen en muizen en ze schreeuwden nog luider dan hun lotgenoten op de bank.

Tussen de menigte die uit alle straten van Nisjapoor was samengestroomd, bevonden zich ook twee rovers van de bende. Ze waren door hun leider naar de stad gestuurd om zich van de gang van zaken op de hoogte te stellen en na te gaan, wie van de diefstal werd verdacht. Toen ze hoorden hoe het onschuldig personeel jammerde en schreeuwde, zei de een tegen de ander, 'Ik wil proberen die arme stakkers vrij te krijgen.'

'Om je leven te verliezen als een knoop van je jas?' zei de ander.

'We zijn wel dieven,' zei de eerste, 'maar dat wil niet zeggen dat we laf moeten zijn.'

En de eerste rover kwam uit het publiek naar voren en wendde zich tot de rechter met de vraag, 'Waarom laat u die mensen zo wreed behandelen?'

'Er zijn in deze herberg geld en kostbaarheden ter waarde van vijfduizend zilverstukken ontvreemd,' zei de rechter.

'Laat die stakkers dan maar vrij, want zij zijn onschuldig,' zei de dief. 'Ik zal u zeggen, waar u het geld en de kostbaarheden die u zoekt, kunt vinden.'

De rechter en het hoofd van de politie konden hun oren niet geloven.

'Waar zouden ze dan wel moeten zijn?'

'Hier in de herberg,' zei de dief. 'Ga mee, ik zal u de plaats aanwijzen.'

De rechter en de politiemannen, de bestolen kooplieden en de bevrijde bedienden volgden hem met het gevoel dat ze droomden naar de put midden op de binnenhof. De dief bleef bij de put staan.

'De buit ligt op de bodem van deze put,' zei hij. 'Laat u maar iemand aan een touw zakken, dan kan hij de zakken met geld en kostbaarheden naar boven brengen. De rechtmatige eigenaars kunnen hun bezit dan in ontvangst nemen.'

De kooplieden begonnen onderling te twisten en met hun wapens te zwaaien, want allen beweerden ze dat zij gerechtigd waren in de put af te dalen. In feite was de put zo diep en zo donker, dat niemand erin durfde afdalen.

Ten slotte wendden ze zich gezamenlijk tot de dief en deden een beroep op hem: 'Goede vriend, als u zo nauwkeurig weet waar de gestolen goederen zijn verborgen, bewijs ons dan nog een dienst. Daal zelf in de put af, want u zult wel het beste weten wat u daar moet doen. Wij houden het touw vast.'

'Het vertrouwen dat u in me stelt, maakt me gelukkiger dan de goede gezondheid van mijn enige zoon, als ik die zou hebben,' zei de rover en sloeg de blik ten hemel.

'Bent u niet bang dat ik in verleiding zal komen me met de buit uit de voeten te maken?'

'Welnee, vriend! Als je onder uit die put weet te ontsnappen, mag je ons geld en onze edelstenen houden!' riep een van de kooplieden en allen barstten in lachen uit.

De rover bond een stevig touw om zijn middel en gaf een van de kooplieden het losse eind in handen. Hij verdween in de diepe put.

Zodra zijn voeten steun vonden op de bodem, ontdeed de dief zich van het touw, dat hij vastbond om een zware steen. Hij vluchtte door de onderaardse gang naar zijn wachtende maats, die de kostbaarheden al stevig aan de zadels hadden gebonden. Geholpen door zijn makker was de jonge rover snel de put uit en besteeg zijn paard. De twaalf dieven galoppeerden er spoorslags vandoor.

In de herberg stonden de kooplieden, de rechter en de mensen van de politie nog altijd te wachten bij de put tot de rover een ruk aan het touw zou geven ten teken, dat hij opgehaald wilde worden.

Na verloop van vele uren en gadegeslagen door een angstig zwijgende menigte, lieten ze ten slotte een staljongen in de put zakken, die moest nagaan wat er gebeurd was.

Niet veel later drong de akelige waarheid tot hen door. Ze zouden hun kostbaarheden niet terugzien. Zij treurden om hun verlies, maar de hele stad Nisjapoor maakte zich vrolijk over de zo goed beschermde herberg!

DE MAGISCHE RUPS

Aan de andere zijde van de aarde, waar de zon zo fel brandt dat de rotsen er scheuren van de hitte, lag eenmaal een stad. De bewoners ervan beschutten hun huizen tegen de verzengende zonnestralen door middel van bomen, die schaduw wierpen in hun tuinen en waren dankbaar voor elke koele bries uit zee. De mannen bewerkten de katoenakkers, de vrouwen en meisjes zaten thuis te spinnen, doorgaans in de lommerrijke boomgaarden.

Toen de meisjes hun werk eens opzij hadden gelegd om het brood en de vruchten op te eten, die ze dagelijks meebrachten van huis, zag de dochter van Khaftvad een verleidelijke appel in het gras liggen. Ze raapte de appel op en wilde er juist in bijten, toen ze op de steel een grote dikke rups zag zitten. Het was een prachtig getekende rups en de kleuren deden denken aan die van een met juwelen bezet sieraad.

'Jij wordt mijn talisman,' zei het meisje lachend en ze liet de rups aan haar vriendinnen zien. 'Voortaan zal ik driemaal zo snel kunnen spinnen. Het lot heeft me niet voor niets dit juweel in de schoot geworpen.'

De andere meisjes schaterden van het lachen, daarna gingen allen aan het werk en rups was al gauw vergeten. Maar's avonds toen de opzichter de strengen katoen begon te tellen, bleek tot aller verbazing dat de dochter van Khaftvad driemaal zoveel had gesponnen als de anderen. Ze zette nu de rups voorzichtig in haar spinkistje en voerde hem de volgende ochtend een stukje appel en 's avonds kon ze driemaal zoveel werk inleveren als de snelste spinster onder haar vriendinnen.

'Wat is het toch, dat jouw vingers zo lenig maakt, meisje?' vroegen haar ouders al spoedig. 'Misschien heeft de goede fee zelf je wel tot haar zuster uitverkoren, want ons huis bloeit als gevolg van jouw spinnen. Vertel ons wat je geheim is.'

Het meisje opende haar kistje, waarin de rups leefde en liet haar ouders het diertje zien. Het glansde in de schemering in fraaie blauwe kleuren en de felgekleurde ruiten op zijn flanken deden denken aan het kostbaar mozaiek, waarmee de troonzaalwanden van de sjah waren verfraaid.

Khaftvad en zijn vrouw staarden met grote ogen naar de prachtige rups en begonnen hem te voeren met de beste honing die in de stad te krijgen was, en met boter en melk. Ze deden dat elke dag en de rups werd dan ook al spoedig zo groot en dik, dat hij niet meer in het spinkistje paste. Zodra Khaftvad dit merkte, timmerde hij een grote cederhouten kist met een appelboom in het deksel gesneden. Onder het uitspreken van gebeden bracht het gezin de rups naar zijn nieuwe woonplaats over en het dier gedijde er voorspoedig. En hoe meer de rups groeide, hoe meer het vermogen van Khaftvad aanwies.

De brave man hield overigens vrijwel niets van zijn nieuwe rijkdommen voor zichzelf; hij besteedde het geld om het lot van zijn medemensen te verbeteren. Hij werd een geliefd man en een man van aanzien onder zijn stadgenoten en men benoemde hem tot burgemeester. Hij vervulde zijn ambt zo wijs en waardig, dat zijn stad van katoenspinners bekend raakte door het hele land. Khaftvad bleef onder dat alles de eenvoudige man, die hij altijd geweest was. Zijn grootste genoegen was bij de kist met de rups te zitten en in de schemering van zijn huis de mysterieuze gloed en de vreemd gekleurde patronen op zijn flanken te bewonderen.

Op zekere avond had hij zich weer aan deze liefhebberij overgegeven en bij die gelegenheid deed er zich iets vreemds voor. Terwijl hij naar de tekening van de rups keek, was het alsof de vlekken de vorm van letters aannamen en die letters rangschikten zich tot woorden en hij las *Rijkdom heeft afgunst en strijd ten gevolge.* Khaftvads ogen staarden strak naar die merkwaardige voorspelling op de rug van de rups, maar even later doofden de gloeiende letters en het deksel van de kist viel met een doffe slag dicht.

De burgemeester dacht lange tijd na over de waarschuwing van de rups en op zekere dag gaf hij bevel een zwaar versterkt fort te laten bouwen op een hoge kaap, die ver in zee uitstak.

Snel verrees er hoog boven de branding een bouwwerk, zoals niemand tevoren ooit had aanschouwd. De torens reikten tot in de wolken, die de kantelen in een waas van witte nevel hulden en het werd omsloten door een drievoudige gordel van versterkingen. In de rotsbodem van de eerste binnenhof liet Khaftvad zijn mannen een gat hakken ter grootte van een diepe put. Met zeven sterke touwen werd de rups van Khaftvad daarin neergelaten; het dier was inmiddels de cederhouten kist ook ontgroeid. Op bevel van de burgemeester werd de put bewaakt door een afdeling van zestig soldaten, die de rups van al het nodige voorzagen, elke dag opnieuw. Ze kookten zijn voedsel in een pan met zeven oren, waaruit men een regiment troepen had kunnen voeden.

De dochter van Khaftvad hield zelf toezicht op de bereiding van de rijst met honing, boter en melk, de zoete pap die de rups het liefst at. Als het regende en de wind kilte aanvoerde, legden de manschappen een deken van dunne zijde over de put om de rups warm en tevreden te houden. Zonder de magische kracht van dit dier zou – zoals elke stadsbewoner inmiddels wist – de voorspoed voorgoed verdwijnen.

Maar de rups gedijde voorspoedig tot ieders blijdschap en de ruimen van de koopvaardijschepen, die uitvoeren naar andere landen, lagen vol met bergen blanke katoenstrengen en die brachten, stevig en glanzend als zijde, buitensporig hoge prijzen op de markten op. Geen enkel naburig land, dat niet van afgunst op deze bloeiende stad was vervuld. Prinsen en heersers uit omringende streken trachtten de stad met geweld in te nemen, maar de een na de ander leden zij de nederlaag aan de muren van het fort op de rotsen. De magische macht van de rups beschermde de stad als een hemels schild en uit dank liet Khaftvad het beeld van de rups als embleem boven de stadspoort graveren.

De mare van Khaftvads onoverwinnelijkheid verspreidde zich door heel Perzië en kwam ten slotte ook sjah Ardasjir zelf ter ore.

'Een of andere katoenspinner heeft een knol gezadeld en speelt voor heer; heerser in zijn kasteeltje van bordpapier! Ik zal hem leren hoe hij oorlog moet voeren!' riep Ardasjir met schrikwekkend stemgeluid. Hij begon een leger samen te trekken van uitzonderlijke gevechtskracht, alsof hij de strijd moest aanbinden tegen de machtigste vijand ter wereld.

Uit zijn hoofdstad trok hij zuidwaarts in de richting van de zee. De krachtige wind huilde langs de monsterlijke koppen, gegraveerd in het koper van helmen en schilden en deed de vaantjes aan de top van de lansschachten wapperen, zodat de ruiterstoet de indruk wekte van een lange reuzenslang met rinkelende schubben.

Met donderend geweld trok het machtige leger op ten strijde. En reeds spoedig kreeg het aan de horizon de daken in zicht van de stad van Khaftvad. De kleurige linten aan zijn gevleugelde helm wapperden de sjah na, terwijl hij aan de kop van zijn legermacht voortgaloppeerde en de hand al aan het zwaard sloeg om het op te heffen als teken tot de aanval. Helaas – zijn zwaard leek vastgeroest in de schede en zijn paard leek als aan de bodem genageld.

Over zijn schouder keek Ardasjir naar zijn manschappen. Ook zij waren tot de laatste verstard – de ruiters, de boogschutters, de lansiers en de krijgers met hun zwaarden en stokken; zelfs hun banieren hingen slap in de roerloze lucht.

Op hetzelfde ogenblik werden de verstarde linies bestookt door een hete windvlaag. De lucht werd plotseling donkerrood en duisternis viel over de landstreek. Zodra de donkere wolk was weggetrokken, begon de zon onbarmhartig op de ruggen van mannen en paarden te branden, het was alsof ze zich in een hete oven bevonden.

Eer de sjah en zijn krijgsmacht de kans kregen te bekomen, naderde in stormaanval een afdeling van Khaftvads gewapende ruiters. Ze sloegen bloedig toe, de ene golf paardevolk na de andere stortte zich op de vijandelijke gelederen. De kurassiers van de sjah, die dropen van het zweet in hun gloeiend hete harnassen, bezwijmden van hitte en dorst. Mannen en paarden stortten neer; glinsterende zwaarden vielen in het zand. De strijd was beslecht nog voor hij goed en wel was begonnen.

Ardasjir zag in dat de nederlaag onvermijdelijk was en liet de hoornblazers de aftocht blazen. Bij de klanken van de hoorn kwamen de mannen van de sjah tot zichzelf. Ze wendden de teugel en galoppeerden snel weg in de richting van een meer in de bossen, dat zowel water als schaduw beloofde.

Onder de bomen sloegen ze hun kamp op voor de nacht. Lange tijd zat de sjah peinzend met het hoofd in de handen en vroeg zich af, hoe het mogelijk was dat Khaftvad zo gemakkelijk had gewonnen. Hij begon geloof te hechten aan de geruchten, waarover hij zich tevoren vrolijk had gemaakt. Het zag er wel naar uit, dat de stad van Khaftvad beschermd werd door een magische macht!

Terwijl hij daar zat te peinzen, kreeg de sjah in de gaten, dat hij rammelde van de honger. Hij stond op, gaf bevel aan het spit een gemest schaap te braden en hij nodigde zijn voornaamste generaals uit zijn maal met hem te delen met het voornemen, hun om hun mening te vragen.

Pas had evenwel de legerkok het gebraden schaap opgediend, of de hoge veldheren werden opgeschrikt door een pijl met zwarte schacht, die geen meter van de sjah in de grond sloeg. Met bevende hand trok de sjah de pijl uit de grond en zag, dat er een briefje aan was bevestigd. De tekst luidde:

'Uw leven ligt in onze hand en kan u snel ontnomen worden,
zoals deze pijl aantoont. Verzamel uw manschappen en laat ons
met rust. De rups binnen Khaftvads muren is machtiger dan elke sjah ter wereld.

De sjah verbleekte. Hij voegde zijn gezelschap enkele gemompelde woorden toe en trok zich terug. Alleen in zijn tent gezeten, overwoog hij wat hem te doen stond. De magische rups moest gevonden worden en onschadelijk gemaakt. Er moest ogenblikkelijk een spion worden uitgezonden om poolshoogte te nemen. In feite bleek dat evenwel niet nodig te zijn, want toen de sjah zijn plan ontvouwde, kwam een van de manschappen uit zijn leger naar voren en verklaarde alles van de rups af te weten.

De sjah praatte langdurig en ernstig met zijn soldaat en als gevolg van dit onderhoud gaf hij bevel het leger schijnbaar aanstalten te doen maken tot de terugtocht. Maar de sjah wilde alleen de waakzame mensen uit Khaftvads ommuurde stad misleiden.

Zodra de mannen van de sjah buiten het bos kwamen, dat zich met een uitloper uitstrekte tot op enkele mijlen van de stad, gaf de aanvoerder bevel ongezien het kamp op te slaan. Hij zette wachten in een paar van de hoogste boomtoppen en gaf opdracht dadelijk rapport uit te brengen, als ze de gloed van een vuur op de muren zagen.

'Dat vuur zal het sein betekenen, waarop een snelle afdeling ruiterij tot de aanval op het fort moet overgaan,' zei de sjah.

De vorst gespte zijn zwaard los, zette zijn helm af en trok zijn met goud ingelegde wapenrusting uit, waarna hij zich in de gewaden van een rijke koopman stak. Hij begaf zich met een aantal van zijn dapperste mannen naar het fort. De ruggen van tien muilezels bezweken haast onder de last van de zijden stoffen, pelzen en juwelen, waarmee ze beladen waren en onder twee aparte zakken, die brokken lood en tin bevatten.

Bij het invallen van de duisternis bereikten de sjah en zijn mannen de stadsmuren en bonsden op de poort. De aanvoerde van de persoonlijke lijfwacht van de rups riep, 'Werda?' en kreeg het volgende antwoord:

'Heidaar, vriend. Ik ben een koopman uit Khorasan, maar ik sta niet voor deze muren om mijn waren aan te bieden. Mijn huis is niet een van de armste en mijn gezin leeft in welstand – aanschouw mijn zes zoons hier om me heen. En deze tien muildieren vervoeren geschenken voor u en voor uw mannen. Ik ben gekomen omdat een zeker verlangen mij geen rust meer liet – ik wil met eigen ogen de rups van de machtige Khaftvad aanschouwen! Ik heb zoveel wonderbaarlijks over hem horen vertellen, dat ik niet zal ophouden om toegang te smeken eer ge me binnenlaat.'

De lijfwacht zag de zakken op de muildierruggen en kreeg zin in de kostbaarheden, die ze moesten bevatten. De aanvoerder gaf opdracht de poort te openen en de koopman en zijn gezelshap werden binnengelaten. De zogenaamde koopman stalde zijn geschenken voor het wachthuis uit en zette er vijf kruiken wijn naast, die van de rug van de achterste ezel waren getild.

De mannen die de put met de rups moesten bewaken, konden niet nalaten de wijn te proeven en vervolgens de kruiken tot op de bodem te legen. Het duurde maar even of er werd druk gelachen en geschertst. En toen de rups gevoerd moest worden, konden ze het er niet over eens worden, wiens beurt het was dit werk te verrichten.

'Maak er geen probleem van, vrienden,' zei de koopman. 'Waarom de stemming met meningsverschillen te bederven? Mijn zoons en ik zullen het een eer vinden de grote rups zijn avondmaaltijd te brengen. Indien u geen bezwaar hebt, doen we het dadelijk.'

'Nou, heel graag!' riep de lijfwacht als uit een mond. 'Hier staan de spullen die

u nodig hebt en daar brandt een vuur. Maar zorg dat de pap niet aanbrandt. De rups is nogal kieskeurig.'

De mannen hielden hun bekers bij om ze opnieuw te laten vullen met de voortreffelijke wijn; de koopman had nog een aantal kruiken laten neerzetten.

En zo konden Ardasjir en zijn mannen onopvallend hun werk doen. In plaats van met boter werd de grote pot gevuld met brokken lood en tin, die door het vuur roodgloeiend werden. Vervolgens repte de sjah zich met de pot naar de put van de rups. Dit was het beslissende ogenblik. De sjah was ervan overtuigd dat de stad zich zou overgeven, als de rups eenmaal dood was.

De rups die vol ongeduld op zijn avondmaaltijd wachtte, stak de kop boven de rand van de put uit en opende wijd de bek, waarna de mannen van Ardasjir de pot met gesmolten metalen optilden en leeggoten in de gapende muil van de rups.

Diep uit de put klonk een gorgelend sissend geluid en daarna leek het te donderen. Vlak daarop braakte de put een huizenhoge kolom uit van groene rook, die zich in de lucht oploste – en het werd stil. De rups van Khaftvad was dood!

Voldaan begaf Ardasjir zich naar het hoogste punt van de muren en legde met trillende vingers een vuur aan, terwijl zijn mannen naar de poort stormden, die ze wijd openzetten. De gewapenden soldaten van de sjah trokken bij het zien van de vuurgloed ijlings op tegen de onbewaakte muren en bezetten het fort. Men zocht de burgemeester en nam hem gevangen terwijl hij sliep.

De volgende morgen verkondigde de sjah zegevierend zijn overwinning en de stadbewoners aanvaardden somber hun nederlaag. Alleen de burgemeester vermoedde dat de rups was gestorven en in zijn goedhartigheid betreurde hij meer de dood van de rups dan zijn eigen lot, dat hem wachtte in handen van de sjah.

DE TWEE MUILEN

Er was eens een bejaarde koopman, Aboe Kasim heette hij, die de rijkste koopman in heel Perzië was. Hij was overigens zo gierig, dat hij in lompen door de straten van de stad liep, alsof hij een arme bedelaar was. Zijn gewaad was oud en tot op de draad versleten en zo vaak versteld met lappen in andere kleuren, dat niemand meer kon beoordelen welke kleur het kledingstuk oorspronkelijk had gehad. Met zijn tulband stond het al niet veel beter. Het was een groezelige tulband van de goedkoopste stof, die ooit op enige markt was verkocht en die meer aan een dweil voor het schoonmaken van vloeren deed denken dan aan een hoofdtooi.

Dit alles werd nog ver overtroffen door zijn muilen. In de zolen zaten grote gaten en de bovenkanten vertoonden een mozaiek van opgezette lapjes – zoveel, dat men bij het tellen in de war zou zijn geraakt. Zeker tien jaar lang hadden diverse schoenlappers hun beste krachten aan die haveloze muilen gewijd en het was hun steeds moeilijker gevallen ze bijeen te houden.

De muilen waren geleidelijk zo berucht geworden, dat ieder die wilde beschrijven dat iets totaal waanzinnig of onmogelijk was, aan zijn woorden toevoegde: "alsof het de muilen van Kasim waren!"

Op een avond liep de koopman in voortreffelijk humeur over de markt. Hij had die ochtend een grote partij geslepen drinkglazen kunnen kopen tegen een zacht prijsje, doordat de man die ze te koop aanbood, hals over kop naar zijn glasblazerij terug moest en geen tijd voor onderhandelen had. Tegen de middag was hij aangeschoten door iemand die op zwart zaad zat, zijn schulden niet kon betalen en Kasim het enige te koop aanbood dat hij nog bezat – een partij rozenolie voor de halve prijs.

Volgens gebruik dienden dergelijke voordelige zaken gevierd te worden, men nodigde dan zijn vrienden uit voor een feestmaal. Kasim evenwel was van mening beter naar de badinrichting te kunnen gaan. Hoewel hij op water even gek was als de kat, viel het niet te ontkennen dat hij in het badhuis goedkoper uit zou zijn dan thuis met zijn vrienden, die hem de oren van het hoofd zouden eten.

Terwijl hij zich in de kleedkamer van zijn plunje ontdeed en juist uit zijn muilen wilde stappen, werd de koopman op de schouder getikt door een van zijn buren, met wie hij tamelijk goed bevriend was.

'Die muilen van jou, daar maakt de hele stad zich vrolijk om, Kasim,' zei de vriend. 'Het wordt hoog tijd dat je een paar nieuwe koopt. Geloof me, iedereen steekt de draak met je.'

'Daar heb ik al heel lang over gedacht,' antwoordde de koopman en hij kreeg rimpels in zijn voorhoofd; 'ik heb voor en tegen van zo'n aankoop langdurig overwogen. Ik ben jammer genoeg nog niet tot een besluit gekomen, ik weet niet of mijn muilen werkelijk zo versleten zijn, dat ze niet meer gebruikt kunnen worden.'

Kasim had niet eens gemerkt dat ze onder het praatje tot vlak bij de rand van het bad waren gekomen. Klappertandend stak hij behoedzaam de grote teen van zijn rechtervoet in het water, alsof hij zich in de bek van een leeuw waagde. Terwijl hij zich kweet van de hoogst onaangename wastaak, werd de deur aan de straat geopend en de eerste rechter van de stad kwam binnen, ook met het doel een bad te nemen.

De koopman was al heel gauw klaar en repte zich naar de kleedkamer, waar hij zijn bundeltje kleren bijeenzocht en zich haastig aankleedde. Maar bij de baard van de Profeet, waar waren zijn oude muilen? Waar hij ze achtergelaten had, stond nu een paar fraaie nieuwe pantoffels. Hij nam aan dat ze een geschenk waren van de buurman, met wie hij even tevoren had gepraat. Zonder zich te bedenken stak de oude vrek er zijn voeten in. 'Aardige man,' dacht hij bij zichzelf, 'hij heeft me de aanschafkosten van een paar nieuwe muilen willen besparen.' Opgeruimd verliet hij de badinrichting.

Onderwijl was ook de rechter klaar met zijn bad. Hij kleedde zich op zijn gemak aan, maar toen hij zijn voeten in zijn pantoffels wilden steken, bleken ze verdwenen en vruchteloos zocht de badknecht naar het fraaie schoeisel met het goudborduursel. In een hoek van de kleedkamer vond men alleen de opgelapte muilen met de losse zolen, die de rechter dadelijk als het eigendom van Kasim herkende.

'Dacht je zo van je oude muilen af te komen, jij schurk?' mompelde de rechter. 'Je bent niet alleen een dief, maar een brutale rakker ook. Je moet wel lef hebben, als je de eerste rechter van de stad gaat bestelen, maar je zult ervan lusten, vriend!'

De rechter stuurde zijn sterkste knecht naar het huis van de vrek en Kasim werd al gauw voor hem geleid. Om te beginnen moest hij de pantoffels van de rechter afstaan en daarna werd hij in de gevangenis opgesloten en hij kreeg pas na het betalen van een stevige boete zijn vrijheid terug.

'Weg met jullie, oude muilen, jullie hebben me heel wat narigheid bezorgd,' riep Kasim nijdig, zodra hij weer thuis was. Hij greep de muilen en smeet ze uit het open raam de rivier in, die langs zijn woning stroomde.

De muilen dreven overigens niet ver af. De vissers die hun netten even verder stroomafwaarts hadden uitgeworpen, haalden onverwacht een vangst op, die hun meer ergernis dan dankbaarheid gaf. Hun netten waren gescheurd door de spijkers, die uit de afgetrapte muilen staken en ze waren de hele nacht met herstellen bezig.

De volgende ochtend schrok Kasim wakker door het rinkelen van brekend glaswerk. Hij schoot overeind, wreef zijn ogen uit, keek om zich heen, keek beter toe en kon niet geloven wat hij zag – alle fraai geslepen glazen die hij voor een prikje had gekocht, lagen in scherven en de rozenolie die hij voor halve prijs had weten te bemachtigen, stroomde uit de gebroken flessen op het tapijt. Het meest schrok hij evenwel van de aanblik van zijn oude muilen, die temidden van de scherven lagen.

De vissers die de muilen als het eigendom van Kasim hadden herkend, hadden de moeite genomen stroomopwaarts naar zijn huis te roeien en ze door het raam weer naar binnen te gooien. Indien ze de schade hadden kunnen zien die ze met hun daad hadden aangericht, zouden ze bijzonder voldaan zijn geweest.

De oude vrek sprong zijn bed uit zo vlug als hij kon, ging op zoek naar een schop en een emmer en begon de grote hopen scherven op te ruimen en hij ging onderwijl te keer als een dolleman. 'Vervloekte dingen, duizendmaal vervloekte dingen, nu zal ik wel zorgen dat jullie me niet meer geld kunnen kosten!' krijste hij tegen de muilen.

Hijgend en steunend groef hij later een diepe kuil in zijn tuin, smeet er de muilen in en bedekte ze met aarde. Hij was zo verdiept in zijn bezigheid, dat hij niet merkte over de haag te worden gadegeslagen door een andere buurman. Deze man kon Kasim niet luchten of zien en liet nooit een kans voorbij gaan hem onaangenaam te zijn. Toen hij de koopman zo driftig de spade zag hanteren, begaf hij zich ijlings naar de landvoogd en deelde mee, dat Kasim in zijn tuin een schat had opgegraven.

Meer was er niet nodig om de hebzucht van de landvoogd te wekken. Hij liet Kasim ogenblikkelijk door de politie uit zijn huis halen. En zodra Kasim voor hem werd geleid, begon de landvoogd tegen hem uit te varen met zo'n bulderende stem, dat de duiven op het dak van het zomerpaleis verschrikt opvlogen, alsof er een vuurwapen was afgeschoten.

'Weet je niet, dat alle geld en alle kostbaarheden die op het grondgebied van deze stad worden opgegraven, rechtens mijn eigendom zijn?'

'Zou ik de wet niet kennen, excellentie?' jammerde Kasim. 'Maar ik heb niets opgegraven – ik heb alleen mijn oude muilen in de grond gestopt, die me al zoveel ellende hebben bezorgd.'

Al zijn plechtige verzekeringen baatten hem evenwel niet. Er werden mannen naar zijn tuin gezonden en ze kwamen met de twee bemodderde muilen terug, maar de landvoogd zag zijn hoop op een kostbare schat vervliegen en daarvoor nam hij wraak op Kasim. Hij legde de koopman een hoge boete op, die hem zelf enigszins schadeloos stelde voor de schat die hem ontgaan was.

En zo moest de oude vrek voor de derde maal zwaar betalen voor zijn muilen.

'De duivel moge ze halen!' riep Kasim en in zijn wanhoop rende hij met zijn muilen in de hand tot ver buiten de stad, alsof de duivel hem zelf op de hielen zat. Hij draafde waar zijn voeten hem brachten en kwam uit bij een aquaduct, waar het snel stromende water hem opeens tot staan bracht. Hier kon hij van zijn muilen afkomen! Hij smeet zijn schoeisel in het snelstromende water, dat de muilen meevoerde naar onbekende verten. Overtuigd dat hij ze nu niet meer terug zou zien, keerde Kasim zich om en wandelde bedaard naar de stad terug om zijn verliezen op te tellen.

Overigens kan niemand in de toekomst kijken. Zodra Kasim de stad had bereikt, zag hij dat de huisvrouwen zich in de straten verdrongen en zich beklaagden over de ramp die hun was overkomen – alle fonteinen in de stad stonden opeens droog. De mannen die de zorg voor de bronnen hadden, trokken er dadelijk op uit om na te gaan wat de oorzaak van het raadselachtig verschijnsel was en al gauw wisten ze meer.

Uit de hoofdleiding die alle fonteinen voedde, haalden ze niets minder te voorschijn dan – de muilen van Kasim! Ze waren in het water tot buitengewone omvang opgezet en hadden de watervoorziening voor de hele stad gestremd. De muilen werden in optocht door de volle straten naar de landvoogd gebracht. Luid schreeuwden de mensen dat de vrek, die hun zoveel overlast had bezorgd, streng gestraft moest worden.

'Het is me een onuitsprekelijk genoegen u vandaag voor de tweede maal te ontvangen, waarde Kasim,' zei de landvoogd. 'Je kunt kiezen: of een maand op water en brood de gevangenis in, of een boete. En om je te tonen hoe hoog ik je aansla, de boete wordt tweemaal het bedrag van vanmorgen.'

De koopman die de gevangenis meer vreesde dan de armoede, moest nog eens zoveel zakken goud in de schatkist van de landvoogd storten, waarna hij naar huis mocht gaan. Hij was evenwel nog niet ver gekomen, toen een van de dienaren van de landvoogd hem inhaalde en hem het bevel overbracht dat hij terug moest komen, want hij had iets achtergelaten.

De vrek liet zich dat geen tweemaal zeggen. Hij repte zich terug naar het paleis in de hoop, dat de landvoogd spijt had gekregen van de hoogte van zijn boete. Hij had zich vergist; de portier wees hem naar zijn doorweekte muilen, die in een hoek op hem wachtten. Door de open deur riep de landvoogd hem toe, 'Het recht boven alles, vriend! Je hebt je boete betaald en mijn geweten gedoogt niet, dat ik je ook maar iets meer ontneem. Daar zijn je muilen terug, verslijt ze in vrede. De gedachte iets in mijn bezit te hebben dat jou toebehoort, zou mij van de slaap beroven.'

Kasim greep zijn muilen met vertwijfeld gezicht. Hij zag in wat hem te doen stond. Verbranden moest hij ze. Maar daarvoor zou hij ze eerst moeten drogen en om die reden zetten hij ze in de zon op het dak van zijn huis. Helaas kreeg hij bezoek van de kat van de buurman, die graag van het ene dak op het andere sprong.

En katten zijn nieuwsgierig en deze kat kwam de muilen eens beter bekijken en sloeg er met de voorpoot tegen. De muilen bleven waar ze waren en dat stond de kat niet aan; hij wilde met die dingen spelen. Maar wat voor de kat een spel was, werd een ramp voor Kasim – de zwaarste ramp nog wel die hem de afgelopen dagen was overkomen. De kat sloeg harder en harder tegen de muilen en ze werden steeds dichter verplaatst naar de rand van het dak en opeens vielen ze naar beneden – precies op het hoofd van de stadsschrijver, die toevallig passeerde.

Door de onverwachte klap op zijn hoofd struikelde de man en viel over de stoep, waarbij hij zijn been brak. De mensen verdrongen zich om hem, toen hij naar huis werd gebracht en gezien deze wolk van getuigen diende hij op slag een aanklacht tegen de bezitter van de muilen in. De muilen zelf voegde hij als bewijsstukken bij zijn aanklacht.

'Je drijft het wel wat ver, vriend,' riep de rechter, nadat Kasim voor hem was verschenen. Hij hield de afzichtelijke overblijfselen van de muilen tussen duim en vinger omhoog en zwaaide ze onder Kasims neus heen en weer.

'Nog geen week is er om en nu krijg ik al weer met die weerzinwekkende muilen te maken. Ik merk dat ik de vorige keer te mild ben geweest. Deze keer zal ik zorgen dat je me goed begrijpt!' En hij veroordeelde de koopman tot een hoge boete, vergeleken waarbij alle vorige te verwaarlozen waren.

Kasim nam zijn muilen in de handen, hief ze op zoals een priester de offerande en riep met een stem die stenen tot tranen zou hebben bewogen, 'O Allah, weet dat deze twee de oorzaak zijn van al mijn leed en kwellingen. Twee armzalige stukken leer hebben me tot de bedelstaf gebracht. Een ding maar smeek ik u af – laat me niet langer schuldig worden bevonden voor de misdaden die deze muilen nog kunnen begaan. Ik verloochen ze voorgoed als ontaarde kinderen, want ik kan niet langer de verantwoording voor hun daden dragen!'

Zijn hartekreet ontlokte zelfs de rechter een lach en hij beloofde de bede van Kasim te verhoren.

En zo leerde een oude vrek voor veel geld wat een man kan overkomen die te gierig is om een paar nieuwe muilen te kopen, die hij toch echt wel nodig heeft!

DE KOOPMANSZOON

Er was eens een welgesteld koopman die een enige zoon had en het was de grootste mislukkeling uit heel Perzië. De hele dag zwierf hij met een bende bandieten langs de straat. Ze smeten rotte eieren door open ramen, trokken katten aan de staart en trapten argeloze voorbijgangers op de hakken. De koopman die het een verschrikking vond dat zijn zoon zich zo gedroeg, nam hem dagelijks onder handen en besloot zijn vermaning steeds met de woorden, 'Je zult merken hoe hard het bestaan is, als ik eenmaal dood en begraven ben.' De zoon weigerde naar zijn vader te luisteren.

Op zekere dag kwam de koopman tot het besluit de toekomst van zijn zoon te regelen en daartoe bedacht hij een voorziening. Hij zocht wat gereedschap bijeen en maakte een opening in het plafond van de slaapkamer, waarin hij duizend goudstukken verborg. Hij sloot het gat weer, witte het plafond om de scheuren onzichtbaar te maken en bevestigde een ijzeren haak in het midden van het gesloten gat.

'Moet er een lamp aan die haak hangen?' vroeg zijn zoon hem later. Hij had zijn spot al klaar, hij vond dat een lamp op die plaats de kamer het aanzien van een moskee zou geven.

'Die haak is niet voor een lamp, maar voor jou, jongen,' zei de koopman. 'Als de dag aanbreekt waarop de armoede bij je aanklopt en je nergens meer geld kunt krijgen, neem dan een stevig touw, stap op een stoel en bind het eind van het touw om die haak.'

Meer wilde de koopman niet zeggen en de zoon schaterde van het lachen.

Niet veel later stierf de koopman en was de jongen een wees geworden. Hij rouwde niet om de dood van zijn vader, hij begon zijn erfenis erdoor te brengen. Binnen twee jaar was het vermogen van zijn vader verdwenen, hij had geen cent meer over. Er zat niets anders op dan de tapijten in huis te verkopen en vervolgens het zilver en ten slotte de kisten met mozaiekwerk en het overig meubilair. Daarna was er in het huis niets meer te zien dan kale wanden. Naderhand verkocht hij nog het prieel in de tuin en het hondehok als brandhout en ook de slaven werden de een na de ander verkocht – eerst de bejaarde Zarafan, vervolgens zijn oude kindermeisje Masoeda, daarna Firoeza de stalknecht en het laatst zijn eigen bediende.

Hierna viel er niets meer te verkopen en er was ook niemand van wie de koopmanszoon nog kon lenen en hij stond met lege handen voor een lege provisiekast.

Eens zwierf hij rond met zijn haveloze makkers en de troep kwam langs een klein bosje. De schaduw lokte hen aan en allen strekten zich uit in het zachte groene gras en daar lagen ze naar de blauwe lucht te kijken.

'Een mooie plek hier,' zei de jongeman die als de leider van de troep werd beschouwd. Hij rolde zich op zijn buik en riep tegen de koopmanszoon, 'Hee, jij daar achteraan, kun je niet voor wat lekkers zorgen? Voor iedereen hier, bedoel ik. En doe er wat te drinken bij, hè?'

'Best,' zei de koopmanszoon eer hij het zelf wist. 'Komen jullie hier morgen om dezelfde tijd allemaal maar terug. Je weet dat ik niet op een paar centen kijk.' Op weg naar huis zonk de moed hem evenwel in de schoenen, want hij had er geen flauw idee van waar hij het geld moest loskrijgen om eten en drank in te slaan. Opeens dacht hij aan zijn oude tante, die hem van zijn geboorte af verwend had. Ze zou hem nog wel een keer willen bijspringen.

'Tantelief,' zei de jongeman, zodra hij bij haar in de kamer zat, 'ik heb geen geld meer om morgen mijn vrienden een etentje aan te bieden. En nu schaam ik me zo, want ik heb het hun beloofd. Wilt u me uit de nood helpen?'

De bejaarde vrouw kon haar neef niets weigeren. Ze bracht wat kledingstukken naar de lommerd en kreeg er een flink bedrag voor, waarvan zij allerlei heerlijkheden en wijnen kocht voor het feestje van haar neef.

De volgende dag pakte de koopmanszoon bevrijd van alle zorgen eten en wijn in een groot linnen servet. Hij nam de bundel in de hand en ging zingend op weg naar het bosje, waar hij met zijn vrienden had afgesproken. Maar het was heet, de zon brandde fel en zijn bundel begon hem een last te worden. Er stond een dadelboom langs zijn pad en de jongen liet zich in de schaduw van de takken vallen en zette zijn last naast zich op de grond. Enkele ogenblikken later kwam hij overeind en wilde doorlopen, maar eer hij zijn bundel had kunnen opnemen, sprong er een hond op hem af, die aan het voedsel begon te snuffelen.

'Maak dat je wegkomt!' riep de koopmanszoon verschrikt en hij trachtte de knopen in het servet beter vast te maken. Onverwacht raakte een punt van de linnen stof vast aan de halsband van de hond, de hond werd bang en ging aan de haal en de bundel sleepte hij met zich mee. De koopmanszoon zette de achtervolging in, maar hij struikelde en viel en toen hij opkrabbelde, was de hond nergens meer te zien.

Met tranen van woede in de ogen liep de koopmanszoon door naar het bosje. Zodra hij er aangekomen was, begon hij uit te leggen wat hem was overkomen, maar zijn ruige makkers dreven de spot met hem en haalden het eten te voorschijn dat ze zelf bij zich hadden, waarna ze hem de rug toekeerden. Nu ze niets meer van hem wilden weten, trok de koopmanszoon zich terug en voor het eerst drong het tot hem door, dat hij maar een pover en onaangenaam stel vrienden had gekozen.

Nadat deze waarheid zij het laat tot hem doorgedrongen was, keerde de koopmanszoon terug naar zijn geplunderde woning en zo groot was zijn wanhoop, dat hij besloot een eind aan zijn leven te maken.

'Ik heb nooit naar mijn vader willen luisteren, wat hij zei heb ik naast me neergelegd, maar dat is nu voor eens en voor altijd afgelopen,' dacht hij. 'Ik hang me op aan die haak in zijn kamer voor de zon ondergaat.'

Hij zocht een lang stevig touw, ging de slaapkamer van zijn vader binnen en bond het eind van het touw aan de haak vast. Om de sterkte van het touw te beproeven gaf hij een ferme ruk aan het andere eind en op hetzelfde ogenblik schoot de haak uit het plafond en de jongen viel op de vloer, waar hij bedolven werd onder een vloed van goudstukken.

Pas op dat ogenblik begreep de jongeman, hoeveel genegenheid zijn vader hem toegedragen had. In zijn wijsheid had de oude man voorzien waartoe de omgang met verkeerde vrienden zijn zoon zou brengen en hij had deze oplossing gevonden om het ergste te voorkomen. Er lag een afscheidsbrief tussen de berg gouden munten en daarin stond geschreven, 'Indien mijn zoon zo ver mocht afdwalen dat hij een eind aan zijn leven zou willen maken, dan behoef ik niet bang te zijn dat hij ook mijn laatste erfenis zal verkwisten, die voor hem gereed ligt als zijn nood tot het uiterste gestegen zal zijn. Hij zal inmiddels weten dat men geld goed moet besteden.'

De volgende dag ging de koopmanszoon op zoek naar de slaven van zijn vader en kocht hen terug. Hij kocht ook het meubilair en de schilderijen terug, die hij van de hand had gedaan om zich aan de wijn te buiten te kunnen gaan. De zaak, die verlopen was na de dood van zijn vader, werd heropend en met nieuwe artikelen bevoorraad en hij betaalde zijn schuld aan zijn bejaarde tante volledig terug.

Hij werkte zo hard en met zoveel inzicht dat zijn vroegere vrienden, die toevallig langs zijn zaak liepen, hem nauwelijks meer herkenden.

'Jawel, ik werk tegenwoordig,' zei de koopmanszoon. 'Kom maar binnen, jullie hoeven niet op straat te blijven staan.'

Dat was de eerste ontmoeting met zijn kwalijke vrienden, nadat ze hem in zijn hemd hadden laten staan. Om het weerzien te vieren nodigde hij hen allen uit voor een lekker maal eten in het bosje, waar hij destijds afscheid van hen had genomen. 'En ik zal voor iets lekkers zorgen,' beloofde hij, 'ik heb iets goed te maken, nadat ik jullie destijds bijna heb laten verhongeren. Jullie zien wel, dat mijn zaak bloeit en dat het mij aan niets ontbreekt.' Lachend liet hij zijn vrienden gaan.

Op de afgesproken dag reed hij op een schitterend zwart paard naar het bosje, maar eten en dranken had hij niet bij zich. 'Beste jongens,' zei hij, zodra ze om hem heen stonden, 'er is iets vreemds gebeurd. Vanmorgen was mijn kok bezig iets goeds klaar te maken voor ons feestje en er sprong opeens een muis te voorschijn en die ging er vandoor met het hakmes. Nou, toen viel er niets meer te koken en ik heb dus ook niets meegebracht. Is dat niet gek?' zei hij en sprong van zijn paard.

Zijn vrienden kwamen eerbiedig om hem heen staan en knikten zwijgend en een van hen zei.

'Bij ons thuis is een paar dagen geleden hetzelfde gebeurd. De kok wilde juist pâté maken, maar er sprong een muis op hem af en die ging er met het hakmes vandoor.'

Een ander vertelde.

'Ik ken een nog veel gekker geval; een muis ging er vandoor met het hakmes, het braadrooster, de koekepan en nog wat keukengerei.'

Daarop riep een derde vriend:

'Moge Allah je vader vergeven, als je zulke verhalen vertelt. Bij ons thuis is nog heel wat meer gebeurd! Er kwam een muis en die ging er vandoor met alles wat er in de keuken te vinden was. De kok wilde een lamsbout braden, maar die verdween in het muizehol, hij wilde het fornuis aanmaken om de soep te warmen, maar alle houtblokken gingen het muizehol in en daarna waren de potten en pannen, de deksels en de lepels, de messen en de vorken aan de beurt. En toen hij probeerde het laatste kleine lepeltje, waarmee hij altijd zijn gerechten proefde, nog te redden, greep de muis hem bij de mouw en sleurde ook hem het hol binnen, eer hij om hulp had kunnen roepen.'

De koopmanszoon had dit alles zwijgend en zonder een spier te vertrekken aangehoord. En toen iedereen had verteld wat muizen bij hen thuis al niet weggehaald hadden, nam hij het woord.

'Een tijd geleden,' zei hij, 'heb ik jullie op deze zelfde plek naar waarheid verteld, dat een hond er met mijn servet met eten van door was gegaan. Jullie wilden me niet geloven en keerden me de rug toe, omdat er niets meer van me te halen viel. Jullie hebben me niet eens een stukje aangeboden van wat jullie nog te eten hadden.

Inmiddels weten jullie dat ik weer geld heb – en nu praten jullie wel heel anders! Een van jullie heeft zelfs een hele kok in een muizegat laten verdwijnen, alleen om mij wijs te maken dat jullie mijn kennelijke leugen slikken. Dat ik niets te eten heb meegebracht hebben jullie te danken aan de manier, waarop jullie me toen hebben behandeld. Ik ben die jongeman niet meer, die door jullie werd uitgebuit en voor de gek gehouden. Zie je, in de nood leert men zijn ware vrienden kennen.'

De koopmanszoon steeg te paard, galoppeerde weg en liet zijn kwalijke vrienden in een stofwolk achter.

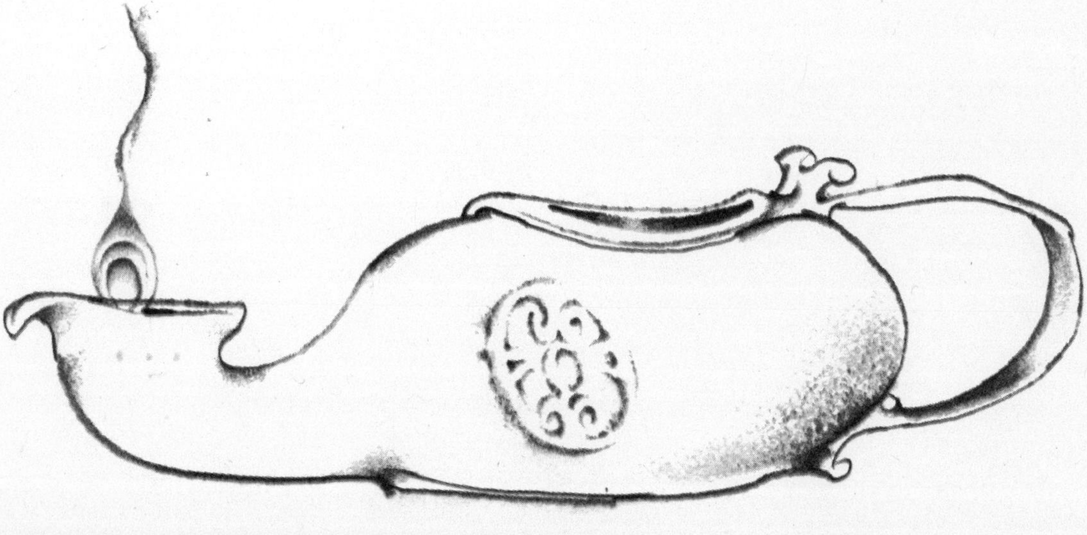